独秀
女作家文丛

锦上添叶

JIN SHANG TIAN YE

黄咏梅 著

广西师范大学出版社
GUANGXI NORMAL UNIVERSITY PRESS
·桂林·

图书在版编目（CIP）数据

锦上添叶 / 黄咏梅著．—桂林：广西师范大学出版社，2018.12
（独秀女作家文丛）
ISBN 978-7-5598-1312-1

Ⅰ．①锦… Ⅱ．①黄… Ⅲ．①散文集—中国—当代 Ⅳ．①I267

中国版本图书馆 CIP 数据核字（2018）第 240048 号

广西师范大学出版社出版发行
（广西桂林市五里店路 9 号　邮政编码：541004
网址：http://www.bbtpress.com）
出版人：张艺兵
全国新华书店经销
衡阳顺地印务有限公司印刷
（湖南省衡阳市雁峰区园艺村 9 号　邮政编码：421008）
开本：880 mm × 1 240 mm　1/32
印张：9.875　　字数：209 千字
2018 年 12 月第 1 版　　2018 年 12 月第 1 次印刷
定价：42.00 元

目　录

拥　抱

市　声

有　爱

如　寄

相　看

领　悟

拥抱

时光给予我们，

时光又要掠夺回去，

时光又帮我们重新收集。

一次拥抱

十七岁离开家乡去读大学，就注定成为这个车站的常客。二十多年来，我对家乡的回忆，出现最多的便是这个车站。因为，它是我归来时第一眼看到父母的地方，也是我离开时最后一眼看到父母的地方。也因为，这个车站是家乡唯一通向远方的出发地——这些年，我一直在远方。我习惯了在这个小车站里找父母。父母也习惯了迎接那个一脚跨下车门，拖着旅行箱的女儿。尽管，岁月让这三个人一点点地变老，可是，这些习惯却没有变老，相反，一次比一次让人感到心跳。

父亲曾经跟我说过这个车站，不过，跟我没有关系。那时候，我还不懂得什么是别离，什么是团聚，那时候，“你还必须闻着母亲的一件旧毛衣才肯睡觉”。我父亲这么说着，脸上露出怜爱的笑容，仿佛相比起现在，他跟那个时候的我更近。父亲说就是在这个车站第一次见到了他的父亲，也就是我的爷爷。

我的爷爷在我父亲还不满一周岁的时候，就跟随乡里人辗转到泰国扎下了根。他跟当时很多“金山客”一样，在国外打工，然后寄钱回家，一去几十年，有的甚至到死都没回来过。我很小的时候就知道，父亲有一个很黄很旧的“三五”牌香烟罐子，里边装着满满的毛主席像章。香烟是爷爷从泰国寄给奶奶的，烟抽光后奶奶就用它来装首饰——金耳环、金戒指等贵重的东西，那也是爷爷从泰国寄回来的。后来，罐子里的东西被人抄走了。“华侨成分”这顶帽子盖在奶奶家的屋顶，而我的父亲也因为这个从没见过面的父亲，大学历史系毕业后被分配到地质队，满山遍野跑。奶奶到去世也没等到爷爷回来。直到20世纪70年代末，我爸爸才敢跟爷爷通信，最终等到了八十岁踏上返乡之路的爷爷。“在车站，我举着一块写着我父亲名字的牌子，接到了我的父亲。这是我第一次见到父亲。”尽管那历史性的一刻已经过去三十多年了，父亲依旧心绪难平。“当他拄着拐杖，朝我举着的牌子走来的时候，我又害怕又激动。当他站在我面前，跟我相认的时候，我真想一把抱住这个陌生的老人，这个——我的父亲。”可是，那是20世纪80年代，人们的嘴巴不会像现在动不动就说“亲爱的”，除了握手之外还不好意思拥抱。在人来人往的车站里，父亲只是久久、久久地握住爷爷的手，身体并没有贴上去。

如果说，一个正常人的童年记忆里都必须出现一个父亲，那么父亲在车站接爷爷的记忆，就算是他的童年记忆吧，那一年，父亲四十岁。

几十年来，这个车站还是有些变化的，扩充了地盘，加高了楼层，开发了长途路线，候车大厅装了冷气，也增加了各种商铺，人变得越来越多。父母一直在这里履行着迎接和送别的仪式。是的，这是一种不可取代的仪式，即使他们如今已经进入老年，行动已经失去了敏捷和弹性，他们依旧迟缓地在人群中，坚持地完成这仪式，等候或者目送。直到某一天，我忽然想起来，其实我从来没有很好地完成过这些仪式，我从来没有在车站给过他们一个拥抱，就像电影里看到的那些场面一样。

这些年，人们相见或相送逐渐喜欢拥抱。在各种活动、会议的场合，我跟那些人拥抱，刚认识的、久别重逢的，真真假假、半真半假，拥抱跟握手一样来得轻易。可是，我觉得，跟父母拥抱并不容易。我的确想过在告别的时候，跟父母拥抱一下。可是，站在吵闹的人群中，父母总是装作很轻快地嘱咐我这这那那的，尤其是我的母亲，总在细细碎碎地说着那些不知道说了多少遍的话，父亲则在一边微笑着颔首附和。不知道是不是故意，他们不让我插入一句话，我只有点头听命的份。很多次，我在想，我是否可以用一个拥抱打断他们的话？他们是否会被这突如其来的隆重给吓住？要知道，他们都是老派人，一贯内敛。

最近一次回家乡看望父母，因为父亲身体不适，我多待了一段时间。离开的时候，父母不听我劝告，依旧固执地要到车站送我。站在陆续上客的那辆大巴前，父母跟过去不太一样，话少了许多。没有话，我只好一眼一眼地看着他们。他们真的是老了。人也矮小了一些。想到我一次次从这里出发到远方，扔下他们在这里，每天看着我所在那个城市的天气预报过日子，或者在报纸杂志里寻找我的名字。比起不舍，我的歉疚更多。就在这些复杂的沉默中，我终于伸出手，抱住了我的父亲，然后又抱住了我的母亲。我不知道我有没有说什么，如果说了，也只能是个别的单词，因为我已经哽咽得忘记了一切。果然，父亲和母亲被我的拥抱吓了一跳。父亲尽管眼睛红红的，但还是难为情地说了一句："傻孩子。"母亲则顾不得难为情了，她跟我一样，用手背擦着眼泪。

我在泪眼中，还是看到了那些奇怪地看我们的人。在我们这个小地方，在这个小车站，人们会自然地将眼前这场景归为"戏剧性"，电视上才会出现的，或者，按照自己的常识，他们将这样的举动理解为一个小孩子向父母撒娇。要知道，一个成年女人，众目睽睽下向一对老年人撒娇、拥抱、哭泣，实在有些怪怪的。

我很快转身登上了车，找到靠窗位置坐了下来。再望向窗外的时候，发现只剩下父亲一人了。他不知所措地朝我这边看看，又朝不远处的一根柱子后边看看，犹豫着是要继续站在这里，还是朝柱子那边走去。我猜，我那一贯粗线条的母亲，正躲在那根柱子背后抹眼泪。我哭得更厉害了，将自己的身体慢慢地滑了下去，一直滑到窗子底下，直到父亲看不见我。我边哭边在心里哀求，快开车，快开车。然而，这车久久都没有开动，乘务员几次跑上来清点人数，告诉大家刚才跑下车买饮料的乘客还没回来。我只好一动不动地将身体窝在座位里，再也不敢将脑袋露出窗口。这过程漫长而难过。好不容易等到那个乘客上车了，车门即将关闭的时候，我听到一声熟悉的叫喊，我本能地站了起来，只见我母亲迅速地跨进了车，她看到我了，她麻利地向我走来，将手上一袋东西塞到我手上："路上吃，别饿着。"她又麻利地返回到车下。她那矮小的身体表现出了一种奇怪的敏捷，就像一个年轻的女人。

几乎在我母亲跨下车的同时，我就听到了汽车发动的声音。整个车子抖起来了，它跟我的身体一样。那个袋子里装着热乎乎的几只茶叶蛋和熟玉米，是母亲刚才趁等乘客的时候，急急忙忙跑到候车大厅买的。

车子开出了一些距离，我才敢看出窗外。在我模糊的视线里，父母已经小得像两个儿童的影子。

作为一个写小说的人，我在笔下虚构了许多的人物和情节，然而，我知道，有些东西是难以虚构的，它们是真实的存在，或者是真实的情感，它们在预言或者印证着读者的现实，一次又一次。比方说，在车站里我跟父母的那一次拥抱。

棒球帽

有那么一段时间，我喜欢上了一个品牌店，隔三岔五会去光顾，以至于那里的店员都能认出我来了，招呼格外周到，说话格外好听。你知道的，人的虚荣多半是恭维出来的。不过，那次跟舅舅去过之后，我就没再踏进过这家店了。

算起来，我跟舅舅已经快七年没见面了。那天，在火车站出口处，我接到了他。实际上是舅舅先认出了我。他说，他一出检票口，就看到我在柱子那边站着了。“你还是那个样子，没变化。”我不知道说什么好。

舅舅比我印象中矮了太多，这让我感到很奇怪。后来我想，大概是那顶帽子把他压矮了。帽子是那种普通的棒球帽的形状，军绿色，不是那种常见的藏青色或者翠绿色，而是那种切切实实的军队绿色。在帽檐的中间有几个红字，远看以为是个红五星。“电白建筑”，等我看清楚那几个字的时候，其实已经盯着舅舅的帽子好一会儿了。“这个，阿强仔给我的，不能脱的啦，脱下来会吓着人，阿强仔你还记得吗？”舅舅扯了一下那帽檐，接着说起了他的儿子阿强仔，在广东打工、结婚，准备把儿子带回老家养……我们朝楼下的的士站走去。

“表妹，表妹……”舅舅用方言学着阿强仔小时候喊我的语气，试图让我加入到那个多年没见面的表哥的话题中。

“舅舅，你坐后边吧。”我还没加入那个话题，出租车就停到我们身边了。我坐副驾驶位，舅舅坐在后边，那个话题就算结束了。

大家都有点拘谨。我便向舅舅介绍起车窗外我生活的这个城市来。舅舅变得很安静。后来，我也没话说了。出租车司机从镜子里瞄了好几眼舅舅。“刚进来的时候，我还以为接了位解放军老兵呢。师傅，您不是老兵吧？”说完又在镜子里瞄了舅舅一眼。后边没声。我侧头朝后看了看，发现舅舅在尴尬地笑着。

“不是，他不是解放军。”不知道为什么，我对这司机有点不高兴。

舅舅几乎不会讲普通话。他一直生活在只讲方言的农村，在村小学念到五年级。但他能听，电视连续剧每集都能看懂。在我家那张软皮沙发上，他腰板坐得直直的，认真地看着那部电视剧《十送红军》，聚精会神的样子，比我写作还投入。即使这个样子，他依旧戴着那顶军绿色的棒球帽。我不再要求他脱下来。我妈在电话里说过，外婆去世后，舅舅的头发很快就掉光了，大家以为再长不出头发了，可后来却又长了。“五十刚出头，却长出了一头吓人的白头发,唉,还不如不长……”我妈问能不能把舅舅带到我们这里的大医院看看。来这里之前,我给舅舅打了个电话,他显得很不好意思:“也不是自己害怕这些白头发,就是,阿强仔要把儿子带回来养,我怕吓着小娃娃……”实际上,我妈说,主要还是因为舅舅怕别人说闲话,想象一下,一个顶着满头白发的老翁在地里劳作,整个家族都会被瞧不起。

我外婆生了五个孩子,四个女儿,一个儿子。女儿都外嫁出去了,只剩下一个儿子留在家乡,也就是舅舅。我妈最大,嫁得最远。我妈对舅舅的负疚感最重,她认为舅舅为了侍奉父母不能出门发展,死做农活顶多也只能赚口粮。舅舅没过过好生活。我妈呢,退休在家,玩电脑小游戏,在 iPad 上看连续剧,口头禅是那只“连连看”游戏的主页口号——“生活就是玩啊玩。”可又怨得了谁呢,这就是宿命啊——我妈离开农村到城市生活,而我呢,离开我妈的城市到了更大的城市生活,这模式将一代代循环复制,现代人失去故乡,或者说成为无根的人。我妈释放那些不时冒出来的负疚感,除了过年节多寄些钱物回去之外,就是嘱咐我,托关系,带舅舅到著名的大医院找著名主治医生看白头发。我带着舅舅去了。那个权威医生说,不是什么大病,但白头发不可能一下子转黑,得悉心调理,慢慢恢复。舅舅对这个结论似乎还很满意,我猜他此前肯定认为自己得了什么大病。

在最后一次复诊,取好药迈出医院的时候,我们都显得很轻松。我走在舅舅的身后,才发现,他那顶帽子太浅了,只罩住了后边三分之二的头发,遮盖不住的那一撮白头发,显得更为醒目。我决定带舅舅到那家品牌店，我在那曾试戴过一顶棒球帽，很好看，只是觉得没什么机会戴，所以没买。

我们走进商场，还没走到那家品牌店，舅舅就不想走了，他被那些价格吓得走不动路。一件他有点动心打算买给舅妈的蓝色花衣裳，2380元。他一听之下，失态了——“离谱！太离谱！”好在他用的是方言。接着他一直用庄稼的价值来换算这价格，看起来快要生气了。服务员因为听不懂，没多大反应，我却特别难为情。如果没有记错的话，那顶好看的棒球帽要900多块。我开始后悔把舅舅带到这里来。不过，我们还是去了。一路上，舅舅还在唠叨那些“离谱”的价格，好像谁得罪了他。

走进那家品牌店，熟悉的店员很快认出了我，纷纷围过来招呼：“小姐，今天有空过来看看？正好上新货了……”不知道为什么，我忽然觉得很尴尬，扯着舅舅匆匆逃走，头也不回一下，好像看到了不该看的东西。舅舅奇怪地问我：“她们认识你？”我重重地摇了摇头，说：“怎么会认识？……那顶棒球帽卖掉了。”事实上，在迈进店的一刻，我早就看到那顶卡其色的棒球帽高高地挂在墙上。

舅舅还是戴着那顶奇怪的帽子回家了。在火车即将开动的那一刻，他竟然脱下帽子朝窗外的我挥动，他那满头浓密的白发，的确是有些吓人的，可他似乎全然忘记了尴尬。我不由自主地也朝舅舅挥着手，就像老电影里那些送别的镜头一样。

例牌菜

在吃,我知道我的坚持在于我的疏懒,而并非我的专一。比如走进快餐店,脱口而出就是鸡叉饭;走进粥粉面档,一扬手就是牛腩粉。那种随意的不假思索,以示我在这个城市的熟络和便当。经常看到那些在柜台前为一顿午餐犹豫不决的人,菜牌被他们顺着读倒着看,坚决不肯就范,实际到最后也点不出个什么花样来。不知从什么时候开始,我过上了这样例牌的生活,就像每天喝上一口例汤一样必须。在广州这个什么都多的城市里,找到自己的例牌的菜单,就像在高楼大厦里找到属于自己的一格位置,找到属于自己的那台电脑,就像在密密麻麻的公交路线里找到自己的公交车。我的很多经历了火车春运的朋友,在那场使人面目全非的混乱里静下来的时候,就开始想念广州的例汤广州的快餐了,回家的亲情也随之消长。

过年的时候，跟妈妈回她的老家，正好赶上村里的炮旗日，每一家每一户的酒席从堂屋摆到了门外。据说这是中国少数民族保持得最完整的过年风俗。整个县从初一轮起，每个乡约定俗成一天炮旗日，到那天，外乡的亲朋就会陆续来到家里，聊天喝酒，直到入黑方归。妈妈的老家是在年初五炮旗，家里人从初四晚就通宵不眠不休杀猪宰鸡准备酒席，初五晌午外乡人就踏着锣鼓鞭炮声陆续到来，随便坐下就吃，认识与否都没有关系，主客的一张笑脸就像城市里的电子门卡一样，一对照一感应了就可以进入、就坐下吃喝。缺了门牙的老太皱着一张脸问我在广州有没有赶炮旗，也吃油皃芋糍吗？我竭力要向同桌关心和好奇的长辈描述我在广州的生活样子，我发现我失却了概括力和记忆力，我甚至忘记了我例牌的菜单，我的公交车我的办公格子。我只能想起摆在宿舍的在人山人海的花街里费好大口舌才抢购到的一棵五代同堂，不知现在怎么样了？想起钱夹里麦当劳新春期间的推广券，不知什么时候过期？看着欢快地挥着一根长长的甘蔗在嚼的孩童，不假思索随地扔蔗渣，我记起我也一直喜欢嚼甘蔗，那些充满水分的节奏，硬生生地让我有着甜甜的征服的口感。在广州很多次看到蹲在广场啃着甘蔗的市民，就再也没有力气去想念那种口感了。

原来习惯于一张例牌，会失去很多能力。

一个女友在工作了半年后，专门飞回上海，找到大学里睡在上铺的同学，直奔和平饭店，两人坐在靠窗的位置上，点了一份鹅肝，点了一个法包，点了一客忌廉汤，优优雅雅地坐着，慢条斯理地吃着。因为在读大学时，她们经常在外滩散步，每路过闻名遐迩的和平饭店，想象里面高雅的上流人士，握着晶亮的餐具吃着精致的食物，那些影影绰绰的暧昧的影子烙在她们的渴望里，于是相约一有钱就结伴共享和平饭店。餐毕结了满满的700多块的账，肚子空空地走出那个记忆中的旋转门，回头看看刚才自己坐的那个位子，心满意足。

在我的例牌菜单上，什么时候已经吃不起花样，吃不起想象，吃不起渴望了？有谁为我叫一份外卖？上面覆盖着的有绿的红的黄的白的紫的，全是些遗忘了的味道。

收集牙签的人

像很多老派的家庭妇女一样，母亲总是不舍得扔掉旧物，即使明知道它们的确已经派不上用场了。因此，在我们家的杂物房里，总是能找到一些让我目瞪口呆的东西，不是陌生得让我无从指认它的来历，就是熟悉得让我难以置信它经年之后仍旧存在。那些东西虽然有意思，但终究都是些无用之物，日积月累，杂物房被堆得不忍目睹，常常会引来我们兄弟姐妹对母亲的埋怨——不知道为什么还要留着那些没用的东西，什么年代了呀！最严重的一次，姐姐趁母亲回故乡小住几日之机，忍不住收拾了一下，果断扔掉了一些东西，母亲为此发火、失眠了两天，此后再也没人敢动她的东西。这方面，就连父亲也没有发言权。

我曾经在微信上看到一篇文章，大概意思是讲现代人应该学会“断舍离”。“断舍离”这个词在网上流行已经有一段时间了，百度上明确的意思是“断绝不需要的东西，舍弃多余的废物，脱离对物品的迷恋”。我在遇事纠结的时候，也时常会对自己说：“嗯，要学会断舍离。”我顺手将这篇文章转发给刚开始热衷玩微信的母亲看。过了很久，母亲回复我一个微笑的表情。我觉得那是不置可否的微笑。你如何能改变一种根深蒂固的执念？一代人有一代人的执念，我只要接受就好了。

前一阵回家住了几天，没事钻进母亲的杂物房，东翻西看。从一个角落里取出一只小铁盒子，接口已经有锈，我费了点技巧才得以打开。一打开我就哑然失笑了。那里边堆满的不是什么宝贝，竟然是饭店专用的那些独立包装牙签。湘满楼、金华安酒店、成记海鲜店、广州酒家、稻花香……各种颜色的小纸袋，一面写着饭店的名字，另一面大都写着“欢迎光临”。这是母亲多年来下馆子收藏的饭店牙签。我记得母亲有这个习惯的。每次她在饭馆吃饭，临走的时候，都会向服务员多要一袋牙签带走。刚开始，以为她是为了放在包里备用，久了才知道，收集每家吃过的饭馆的牙签，是母亲的一个爱好，就像别人收藏邮票、烟盒甚至古董那样，只不过她收藏的东西，既没有价格也没有价值。

我抱着那盒牙签跑去问母亲，为什么喜欢收集这些东西？母亲饶有趣味地将那些牙签一袋袋摆出来看，一边看一边告诉我：这是那年你在广州搬新家，我们在金华安摆了一桌，你老爸一个人吃掉了一盘红枣芋泥；这是你哥哥请我们到郊区那个农庄吃河鲜，二叔公饭店，我们吃饱之后还摘了一大堆艾草回家；这是你姐姐那年生日正好碰上中秋节，我们在漓江春吃了一顿团圆饭……我听得一愣一愣的。仅凭一根牙签,一个饭馆的名字,母亲竟然能记住若干年前的某一次下馆子！仿佛她一根一根摆弄着的,不是牙签,而是一张一张旧照片。

一整个下午,我都在听母亲回忆,母亲从岁月的牙缝里剔出一个个故事,听得我五味杂陈。

从我有记忆开始,母亲的形象就是那个挂着围裙整天在灶台间转的女人。母亲做的菜不仅好吃,而且还有创造性,尤其在物资匮乏的年代,母亲可以将一些廉价的东西做成美味的菜。我至今还记得西瓜皮炒咸菜的那种爽脆,豉汁柚子皮绵软多汁的口感,酿南瓜花的鲜甜,芦荟汤的黏稠清香……在吃这个问题上,母亲一直是权威,指挥官般安排着一家人的饮食。直到我们几个孩子长大,一个个成家搬出去住,有了各自的灶头,母亲就管不了我们的吃了。也不知道从什么时候开始,母亲开始接受我们对吃的安排。聚餐的时候,订哪个饭馆,吃什么派系的菜,母亲是没有发言权的。每次,一大家子下饭馆,母亲和父亲第一时间就被安排在主位上。看我们翻着菜单,七嘴八舌,母亲只是面带微笑,偶尔征求她的意见,她总是摆摆手说:“你们定。”一副退居二线完全交权的服从。

下饭馆这类事情,现在都已经成了家常便饭,可是母亲每次跟我们下饭馆,总是穿得整整齐齐漂漂亮亮,显得比任何一个人都隆重的样子。散席之前,还不忘将饭店的牙签带回家。现在想来,母亲收藏这些毫无价值的牙签,是为了给那一次次聚餐留念。

我问过母亲,从什么时候开始有这个“癖好”的？母亲说,就是那一次,她带外婆到广州我家过年,我们在广州酒家吃年夜饭。八十四岁的外婆第一次到那么远的地方去。外婆去世前的那几年间，总是洋洋得意地对村里的老人们说："我是这个村里跑得最远的老人了，都是托了儿孙的福。"母亲想起这句话都会难过，她哽咽地说，那年在广州吃的年夜饭，是外婆这辈子吃得最好的一顿了。她手上拿着那根牙签，白色的包装纸已经微微泛黄。看着这袋牙签，我想起了那顿饭，已经没剩几颗牙的外婆，拿着桌上这只小袋研究，不知道里边装的是什么东西。我们笑得前俯后仰，问外婆，要牙签剔哪一只牙齿？往事历历，如果不是这根牙签，我那塞满杂事如同母亲堆得满满的杂物房一般的脑子里，怎么会猛然想起这个令人鼻子发酸的珍贵的细节？

过往的回忆就像母亲的杂物房一样，经过一辈子的堆塞，恩的怨的、美的丑的、温暖的悲伤的……这些已经无法理清，更无法"断舍离"。人生在世，谁又能轻装上阵？一个人的一生总是要背负很多东西，欲望、情感、回忆、畅想……这些东西构成了人的丰富，而那些承载着人的记忆，甚至纯粹为了表达情感的"无用"的杂物，执着地、不起眼地证明着我们活在这个世界的意义。

来来往往的广州

不知不觉，离开广州已经快四年了。这四年间，经过的次数比回去的次数要多。自从梧州开通了直达广州的高铁之后，我回家乡探望父母，都是从广州的肚子里钻进钻出。火车高铁接驳地铁，直达白云机场——这样，广州的天空我一眼都不看，拖着拉杆箱，装作没心没肺、大义凛然的样子，直把这个生活了十四年，并且度过一生中最美好年华的广州当作了中转站。一声招呼都不打，不问好，也不道别。这样的行径，用广州话来说是——“好冇心肝”的。

很难向人解释这种行为背后的心理，坐在哐当哐当的地铁里，昌岗路、海珠广场、公园前、纪念堂、越秀公园、三元里……一站一站地报过去，我的凄惶感一层一层加深。这个时候，我会庆幸自己并没有实实在在地站在头顶上那个喧哗、混沌、鲜花盛开、摩肩接踵、汗如雨下、镬气十足、干炒牛河的城市，我甚至害怕这辆在广州肚子里穿肠而过的地铁会遇到什么故障，害怕我不得不从地底升上去，害怕我不得不拖着行李重新融进那些街道那些人流中，那样，我一定会放声大哭。是一种被揭穿之后的耍赖一般的哭泣。因为，这几年来，我总是在假装，假装没有离开，或者假装只是暂时离开。

记得2012年12月，《广州文艺》主编、著名作家鲍十邀我回广州参加“都市文学双年奖”颁奖会，那个时候，我才搬离广州两个月。第一次回来的心情，现在记忆犹新，在发表感言的时候，我记得我说：“我与广州的初恋才开始。”的确，在记忆中，在怀念中，广州就像我的一个恋人，才下眉头，却上心头。在杭州，有很多个午饭时间，我会乘公交车到一家广式的茶餐厅，吃不正宗的干炒牛河、双拼饭，假装自己在广州。在西湖边，偶尔听到一群讲粤语的游客，我会不由自主地跟紧上去。而更多时候被人问起：“你觉得广州和杭州哪个地方好？”我会含糊、支吾，只是为了将广州捂在我心里，不允许一丝的情感泄露，假装自己一副随遇而安的样子。

我还假装成一个在广州来来往往的人，见面不寒暄，分手不告别。

北上广深这些大城市，到处都是像我这样拖着拉杆箱来来往往的人，来来往往构成了城市的活力。作为一个外来人，融入感一直是我们努力追求的。与异乡的融入便意味着扎根的可能性。在广州生活的十多年，身边交的朋友，几乎都是外来人，湖南湖北广西江西，海南河南东北西北，这些朋友冷不丁就出现在我的生活中，过一段时间，又冷不丁地听说某人跑到北京做事了。很奇怪的是，当我们议论那个跑到北京的朋友时，我们很自然会说某某“北漂”了，事实上，我们从不觉得自己是在“广漂”。不是说广州不够大，不足以让我们“漂”，也不是说广州足够宽容，可以让我们像回家一样自便，更不是说广州永远像一幅未完成的拼图，谁都能插足进去，而是广州并没有在精神上给人一种压迫感，蝼蚁也能找到它相对固定的日常模式，并不会为这种卑微的日常模式而感到惶惶。

“咖啡馆与广场有三个街区，就像霓虹灯到月亮的距离。”这是汪峰那首著名的“北漂”歌曲《北京，北京》，而在广州，你不会生出这种空旷荒芜的感觉，因为，当你走在深夜广州的街头，喧闹的大排档与街道之间，仅仅相差一个人身的距离，你觉得累了，索性就坐了下来，即便什么都不叫，在油腻腻的桌子前发呆，听听身边如暴雨砸到水泥地般的声音——那是镬气十足的滚油里落入了沙河粉的声音；看看那些像蛇信一样舔噬着黑夜的光影——那是从锅底不断蹭出来的旺火的舞蹈，你就这样坐在人群中间，用一种最日常、最大众、最舒服的方式，把孤独、漂泊、荒凉这些字眼一勺一勺地搅进了艇仔粥里，热乎乎地喝到了肚子里。

如果非要跟“北漂”找个同义词，我们会说自己是来广州“揾食”的。低到尘埃的、实实在在的，并且带有自嘲性质的。一日三餐，一二三四五六七，多劳多得，应有所得。既然是“揾食”，只要能搭得上，不拘哪一张饭桌上有空位，尽管坐下来就是，不会有人在意你穿着一双浴室拖鞋，也不会有人质疑你的身世出处。在广州，吃过无数次饭局，往往坐下来的时候只有相熟的几个，在吃的过程中，不断加位，渐渐地就人挤人了，偶遇的、偕同的，最后你都搞不清楚谁是谁的朋友。频频举杯，不胜酒力的人，不举也不会被认为失礼，甚至，忽然觉得想离开了，打个招呼就离席，也不会有人去拉扯强留。酒足饭饱地往回走的时候，如果没喝晕，犹记得饭桌上那个混得很好很有钱的人低下头，不好意思地说的一句话："求祈揾两餐啫。"他夹在我们中间，刚想伸筷子夹一块看中的烧鹅，却被人不合时宜地转了一下转盘，那块烧鹅很快落入了别人的嘴里。他的脸上露出了隐秘的笑容。那笑容，总是让我觉得如此温暖和有趣。

如同粤语的平实，以中音调子为主，广州人的性格和情感也处于中音阶区，人与人之间既不会一言不合即翻脸，也不会一见如故即热烈言欢，在情感的键盘上，他们弹唱的中音坚实而平稳。那些像我一样来自五湖四海被称为"新客家人"的外来者，只要生活过一段时间，也会不自觉地进入这个"中音阶区"，因为那种地带的确很自在、宽松，进退皆易。来来往往，真真实实，不扮矜贵，不博同情，不论资排辈，不邀功请赏，起筷的时候起筷，转桌的时候转桌。这是我喜欢的广州，这是我依恋的聚会氛围。就像广州英年早逝的诗人东荡子写的那首诗：

没有人看见他和谁拥抱，把酒言欢
也不见他发号施令，给你盛大的承诺
待你辽阔，一片欢呼，把各路嘉宾迎接
他却独来独往，总在筵席散尽才大驾光临

这几年间，偶尔回到广州，必然是要醉一场的。最近一次是今年的 7 月，一身水一身汗赶到龙口西路来的那些老友，隔着一张硕大的桌子，我甚至听不到他们在说什么，然而，即使分开了几年，我也能迅速地融入他们，笑着闹着喝着，就像昨天才刚刚分手今天又重新聚会。没喝多少，我就醉了，靠在沙发上，虽然全身无力，但我的脑子依旧很清醒。我半眯着眼睛，看到包厢的门，开开合合，隔一阵子就有一个人从那扇门走出去，离开，也不道别，仿佛明天还能见面。我在心里叫着他们的名字，却不起身，假装自己醉得不省人事，假装自己要在最后一个回家，要像过去那些个饭局散席之后，站在马路上，挥手打车，穿过黄埔大道的时候，不忘跟司机说："在跑马场掉头到对面，国防大厦旁边的小路进去……"

只是，我不知道我还能装多久。

在七彩的围裙里

在我家的厨房里，锅碗瓢盆，唯一的色彩就是那条挂在墙壁的围裙，搬家数次，却从没有丢失。那是一条具有少数民族风格的如壮锦般多彩的围裙，仔细看，还有一个穿着民族装的少女，也是各种色块包裹起来的形象。煮饭的时候，我几乎不怎么挂围裙，潜意识里，大概是对“家庭妇女”这个形象有心理障碍？但是我却一直把这条五彩斑斓的围裙挂着，等锅热、等汤滚、等菜熟的那些短暂时刻，我会站在厨房里，看着围裙上的图案和色彩，就像欣赏一幅画。

这是我结婚的第一年，母亲送给我的礼物。记得当时父亲看到我在厨房里忙进忙出，忽然很复杂地说了一句话：“你也跟你妈一样，会烧饭了。”我才意识到，这是我头一次烧饭给他们吃。那之后没几天，母亲就在街上买了这条围裙送给我。第一眼看到它，是很刺眼的,不仅是它的鲜艳让我觉得老土,而且,它的女性特征实在太明显了。母亲长年的厨房形象立刻从这条围裙上跳了出来。母亲大概不知道,在我的成长过程中,多少次我跟姐姐因为她的唠叨而偷偷一起发过誓:“长大以后,绝不做一个像母亲这样的家庭妇女。”

那么,母亲是一个怎么样的家庭妇女呢?我们一直嘲笑父亲,他在家里就是个典型的“甩手先生”,啥都不用干,也不会干,工作八小时之外,就是读书写作,然后管理管理孩子。

母亲就是一个使父亲成为那样“无用”的人的家庭妇女。

20 世纪,大概每个家庭都有这样一个家庭妇女吧。然而,母亲却还是有不一样的地方。在那个物资匮乏的年代,我和姐姐哥哥的衣着打扮却会比食物还多元。并不是我们比别人富有,而是我们有一个手巧爱美的母亲。我们的服装 made in 母亲,母亲踩着缝纫机咔嚓咔嚓赶在节日前为我们做好新装的镜头,是我对“临行密密缝”最贴切的理解。一件的确良白衬衣,会不甘平庸地在领口、袖口绣上天蓝色的边;一件简单的套头毛衣,会在胸口编进一只立体的小花猫,眼睛是闪亮的扣子;一件冬天的短大衣,领子、袖子、衣角用白绒毛围了一圈,就像扯了云朵来陪衬……这不仅仅是细节的讲究,还有母亲那些大胆的服装设计实现在我们身上,从简约的西装短裤到繁复的公主塔裙,使得我们在当时的孩子中,已经属于“前卫”了。我们总是会听到一些不认识的大人说:“呀,这孩子的衣服真好看。”

母亲就是一个使孩子们成为那样“虚荣”的人的家庭妇女。

母亲爱美,我猜大概是跟她过去的生活经历有关。母亲曾经是文工团的演员,演过很多样板戏,在少有的几张保留下来的剧照里,有一张她演《霓虹灯下的哨兵》,挺像陶玉玲演的“春妮”。对于那段演员生活,母亲很少提起,她说得更多的是那时候亲历的荒唐事,都跟时代有关。我们曾经开玩笑地追问母亲:“老爸当年是怎么追美女的?”母亲不好意思地笑着说:“那个时候,有什么美不美的?人人都穿得灰不溜秋,看着都差不多。”母亲说,那时候,她喜欢白色,那是街上唯一的浅色,别无选择。我曾在书上读到:张爱玲弟弟最后一次去上海找姐姐,她已去香港了,在街上,他看到满眼都是穿人民装的人们,想到姐姐曾说她死都不会穿这样的衣服,难怪她走了。爱美的张爱玲可以选择逃离,爱美的母亲却只能在那样的恶时辰里,挑一件明亮的白衬衫。

母亲对色彩特别敏感。记得我们家有一张被单,上边是一幅图:红太阳升起在连绵的群山上,山下是水田,田里有农民和牛在耕作,山路上,有几个挑着担子的农民。母亲很喜欢这张被单。晚上睡觉的时候,我们几个孩子就钻进被子里,把被子撑得高高的,母亲跟我们躺在一起,用手电筒照着这幅画,给我们讲“挑担茶叶上北京”的故事。那时候,我还以为故事都是母亲杜撰的,后来才知道,那是当时流行的一首歌。不过,那张被单被母亲“修改”过了——她把天空那几只灰色、黑色的鸟,用绣花针改成了五色鸟,看上去,漂亮极了。

哪怕仅仅是一点点的修改,也如涟漪一般,母亲爱美的意志,在我们的生活里泛起了一圈一圈的影响。如今,我们都长大了,对美有了不同的理解。有过那么一段时间，我很不屑于母亲对色彩的爱好，我自以为很“文艺”地喜欢黑、白、灰这样的色调。跟母亲逛街，母亲为我挑的那些衣服，无一件不被我鄙夷地“枪毙”掉。渐渐地，母亲不给意见了，她说，你们长大了，我跟不上潮流了。不过，母亲却并没有放弃她对于美的建设。在我和哥哥、姐姐各自的家里，都能找到母亲的手笔：一只便携保温杯的套子，是母亲用毛线织的，上边有动物图案；一只挂卷筒纸的套子，是母亲用花布做的；茶几抽屉里，一大排整整齐齐的五彩小纸盒，是母亲用广告传单折的，用来一次性地装果壳皮屑；沙发上，窝着母亲织的居家披肩……最为醒目的是，在墙上，挂着母亲的十字绣，给姐姐的是一幅牡丹，给哥哥的是一幅紫罗兰。

我搬进杭州的新家后，母亲和父亲来住了几个月。大概是新家的缘故，母亲给我绣了一幅“余福满满”——四条鱼围着一个“福”字。虽然它看起来跟家具的色调、风格的确格格不入，就像母亲担心的一样，但是，我还是坚持把它挂在了客厅的墙上。有朋友来玩，几乎都对它产生了兴趣，大概因为它抬头必见，大概也因为它的——突兀。我有点不好意思地解释说：“这是我妈妈绣的。”当我电话告诉母亲这件事的时候，母亲却显得比我更不好意思：“他们一定说，那么老土，你妈妈。”不知道为什么，这句话让我伤感了很久。

在锅里的热气开始缓缓蒸腾的时候，我会看看那条母亲送我的围裙，数那上边的颜色，我会想念她，这个坚持存着美这件事情的家庭妇女，即使在那些不美、不好、匮乏的光景里，心里却在一直绣着这些颜色。

像麻将一样整齐

妈妈六十岁生日的时候,全家都回来了,围坐在客厅里,妈妈说,像麻将一样,整整齐齐。爸爸很郁闷地说,你们妈妈现在看什么完整的东西都用这个形容词了。像麻将一样整齐。

我们全笑。

投妈妈所好,我们将生日晚宴设在一间有自动麻将机的包间。听哥哥说,这是我们还没回到家的时候,爸爸提前一周到酒楼订好的。要知道,我的爸爸,是最痛恨这些类似扑克、麻将等的娱乐的,每当他看到别人围坐在一起打扑克或者搓麻将,时而专注得恍若隔世,时而喧嚣得如入市场,总是会表现出一副痛心疾首的样子,然后愤愤地摇着头说:“浪费生命,浪费生命啊!”也正因为这样,我们几个孩子因为偷偷打扑克,不知被烧了多少副牌,挨了多少顿“猪肉炖粉条”。

在外人的眼中,爸爸其实是个典型的文人,甚至有着比一般文人更“文”的性格,他在一家报纸编副刊版面,每天都跟一些文学作品打交道,交往的人也大都是一些文学爱好者。爸爸平时的话不多,除了跟别人谈论文学的时候。在我的少年记忆中,经常会出现这样一幅画面:每到周末或者节假日,爸爸就把从潮州老家带回来的一套精致的工夫茶具摆开,并且吩咐我妈妈准备好小茶点,陆续地就会有文学爱好者到我家,围坐在一起,边喝茶吃点心,边大谈文学。这样的聚会,往往能从上午持续到深夜。那个时候的爸爸,神采飞扬,话说得特别多。在那个物资匮乏的年代,这样的“小沙龙”,对他们而言,似乎是一种无比奢侈的安慰。妈妈经常抱怨说,你们的爸爸只有在谈文学的时候,才舍得浪费时间和唇舌。

文人爸爸不太容易生气,总是一副文质彬彬的样子,跟他鼻梁上架着的眼镜非常“配套”。可是这种文人气质,在发现我们兄妹三人围在一起打扑克的那一瞬间,立即荡然无存,俨然一个“暴君”。真的,用“暴君”这个词来形容他的惩罚,一点都不为过。印象最深刻的一次,是放暑假,我们兄妹三个在家里,先是装着很认真地写作业的样子,等到爸爸前腿跨出门上班,我们就把作业本一扔,把藏在床底下的扑克牌艰难地取出来,打牌打得天昏地暗。我们算好了,爸爸下班的时间是十一点半,从单位走回家约十五分钟,那么,只要我们在十一点之前结束“战斗”,再装出做作业的样子,一切就像没有发生一样地安全。我们一直是这么干的,爸爸也从来没有发现过。可是,那天,爸爸不知道为什么忽然中途回来了,而我们打牌太投入了,以至于完全没有听到爸爸开门的声音,甚至连他走到我们身后的脚步声也没有听到。

“你们几个在干什么!”

直到一句充满了暴怒的声音在我们身边响起,我们才看到爸爸一张暴怒的脸。

当时的恐惧感至今还很清晰。我们来不及做任何反应,甚至连害怕的时间都没有,三兄妹呆呆地原地不动。

爸爸一阵风似的先把桌上的扑克牌“收拾”起来,所谓的“收拾”,就是把这些在他看来是罪恶的东西,仍到灶上,一把火烧光了。我们在目睹爸爸烧扑克的过程中,心里只有一个共同的想法——不知道接下来该如何逃脱爸爸的惩治。“收拾”完扑克,爸爸就转过来“收拾”我们。他让我们都跪在地上,然后用一根小藤条,在每个人的屁股上“扫荡”。一边“扫荡”还一边地骂我们不爱惜时间,玩这些世界上最没好处的游戏。我们三个都哭了,现在回想起来,不仅仅是屁股上所受的皮肉之苦,更因为那种被忽然“袭击”和“收缴”的恐惧。

一直到我们读完书,工作了,“逃离”爸爸的视野了,在跟别人打扑克打麻将之前,我还会潜意识地看看四周环境,唯恐“杀”出一个“暴君”。

今天,当我们一家人围在一起打麻将的时候,我的爸爸通常就站在麻将圈的外围,并不看牌,只是晃来晃去,累了,就坐在沙发上,翻着他毕生爱看的书。我想他也看不进多少,耳朵总是竖着,听到谁叫“和了”,就扔出一句“妹妹又赢了?”话语中,带着不愿意脱离“群众”的勉强。

等牌的间隙，我看到我的爸爸，在麻将哗啦啦的碰撞声中，显得很萧条，甚至有些落寞。

从前为了讨爸爸的喜好，我们几个小孩，争相把每天规定背的唐诗宋词都背得整整齐齐，一字不漏，尽管还没完全领悟其中的真意。现在，爸爸只要看到我们几个像麻将一样整齐地围在一起，一张牌都不少，就欢喜了。

记得爸爸发现我们打牌，在严厉惩罚之后，盛怒之余，总是要用这句话来结束“打牌事件”——他说，梁启超说：只有读书可以忘记打牌。那时候我们经常私下嘀咕，认定梁启超肯定是因为打牌总输，才跑去用读书忘记打牌的。可是我哥哥也质疑这个说法，他认为，人应该是愈是输红了眼愈想再打，打到赢回来为止，哥哥还经常拿我当例子来证实他的判断。

若干年后，当我在梁启超的书里翻到这句话时，才恍然有悟。我的爸爸，只说出了前半句话，后半句打住了。梁氏的后半句是：只有打牌可以忘记读书。

水落石出。一贯提醒我们不可以断章取义的爸爸，为了阻止我们打牌，居然这样隐瞒了话语的真相。

然而，此时我们都已经长大独立了，想什么时候打牌，想跟谁打牌都没人干涉了。而爸爸也不再引用梁氏的上半句话了，所以，这后半句话，我一直没跟爸爸讲，也没机会讲。只让它们继续断章取义地记在我的心里。

无论如何，当我们几个孩子整整齐齐地坐在爸爸的视线里，过着妈妈整整齐齐的六十岁大寿，我想，爸爸心里的话，一定已经凑齐了。

我的根据地

再有两个月，我迁居杭州就整两年了。事实上，这两年当中，我一直处于一种整理的状态。整理从广州搬过来的那个“家”，整理新安置的这个家，整理新入驻的办公室，整理与这个新环境接驳的各种路径。“整理”这个词，在我跟新朋旧友的电话中时常出现。也许是听得多了，一个闺蜜竟不耐烦地奉劝我：“整理就要干脆，该留的留，该扔的扔，就像那满柜子的衣服，哪一件有三年没穿过了，就该扔，别舍不得……”我虚弱地应诺着。要知道，这不是舍不舍得的问题。整理这件事情，看起来是化繁为简的过程，实际上呢？它是一个化一种具体的繁为另一种抽象的繁的过程，越整理越复杂。就像一张网眼密麻的空网，撒向往事的海洋，捞起来的，往往是辨不清理还乱的情绪。

十七岁离开家乡到外地读书，大学毕业后到广州工作十余年，现在又迁居杭州。像我这样的经历在70后一代并不算复杂。作为一个写作的人,作品里总会出现某个生活的基地,评论家们书面地称之为“写作的根据地”,而在70后一代作家里,这些根据地日渐模糊,甚至出现了“无根写作”的现象。诚然,我们这一代人比起上辈作家,故乡的文化滋养越来越稀薄,甚至对故乡的记忆,拎出来也是模棱两可,但是,正是因为这种模糊性,对故乡的迟钝感应,导致了我们的“集体怀乡”,我们怀的并不是某一个具体故乡,我们怀的是一种集体的情绪——身处此处却总是不明此处何处的漂泊感。

刚来杭州那段时间,我一个人对付午餐,一直很纠结。上班的地方处在市中心,下得楼来,面对马路一片茫然。后来,我发现在不远处的一幢大厦里,有一连串我所熟知的快餐店,麦当劳、真功夫、永和豆浆、必胜客、回转寿司……我像遇见亲人一样扑进这些店的怀抱,无须看单,我就能点到我想要吃的午餐。坐在这些布局雷同的环境里,我感到很安全,以致常常忘记了身处何处。有一天,我坐在满记甜品里,点了一份杨枝甘露,习惯性地对那个白净的女店员说了一句粤语,看着她满脸迷惘的样子,我才想起——这里是杭州啊。看着窗外陌生的街道,惆怅油然而生。

类似的事情屡屡发生。就在前两天,我坐在公交上,上来一个老妇,拉着一个男孩,一落座她就跟那男孩说:“嫲嫲带你去吃饭先,好唔好?”男孩脸无表情地答了一句:“是但啦。”(粤语“是但”就是“随便”的意思。)他们的对话让我心里一颤,在嘈杂的公交车上,我的耳朵一直跟随着他们。语言总能惊起我心底里日渐平复的乡愁。在日趋同质化的今天,故乡与另一个城市之间,语言才是唯一的分感器。

如果不是这些，我已经开始将这个逐渐适应的美好城市当成故乡，当成写作的“根据地”了。在这两年的写作中，我有意无意地在作品里放置了很多关于“根据地”的暗示，比如说，京杭运河、杭州的菜肴小吃，甚至我才略懂一二的杭州方言句式，可是，我的写作依旧是“无根”的写作。这个无须也不能回避。语言的气味令我露出了马脚。而最为重要的是，在作品里难以掩抑的“都市怀乡症”。这些症状也不见得是多么具体，但它们一直都在，它们是一种莫名的失落、怅惘、格格不入，以及种种的不确定。

我曾经在整理一只卡包的时候，发现还保留着不少商场贵宾卡。这些商场都是我生活过的城市，我消费过的那些“购物根据地”。它们就像一张张履历表，记录着我这个“无根”一代的生活足迹，它们所积累的分数，同时增值了我对这些城市的怀念。看起来，它们印制得大同小异，但在我的记忆中，它们截然不同——在王府井商场，我因为惦记着那条价格不菲的裙子，纠结了两天，再来却被人买走了，懊恼；在天河城，我因为争取高一个点的折扣价，跟一个不认识的女人拼买，值当；在世贸广场，因为贵宾卡的积分获得了一次高品质的免费西餐套餐，窃喜……这些充满小市民味道的记忆，累积了我对一座城市的情感积分。

那么故乡呢？我在这只卡包里，还整理出了几张交通卡，有梧州的、广州的、香港的、北京的、杭州的，年份最久的，就是故乡梧州的那张。不记得办了有多少年了，自从我离开家乡就没再使用过——因为每次回去时间都不长，出行也没必要坐公交。我一直将它插在这只卡包里，要不是这次整理，我几乎都遗忘它了。前段时间回家乡一趟，因为住的时间比较长，就跟着爸爸妈妈东去西去。有一天，我们心血来潮，坐公交到我小时候住的那个老屋去望望，据说那里快要夷平了，一个房地产大老板要在那里造别墅群。出发前，我拿出了这张才翻出来的公交卡，爸妈都惊诧不已。“还能用吗？”是啊，还能用吗，故乡？在一只脚跨上公交车的瞬间，不知道为什么，我忽然感到一阵害怕，当我将那张卡伸过去，只听见“嘀”的一声，清脆、确定、果断，甚至刺耳，之后，我听到了自己怦怦的心跳，就像接收了某个巨大的磁场感应……

故乡：默认的连接

十七岁就离开故乡到桂林广西师范大学读书，之后扎根异乡，我再也没能看到过故乡完整的四季。这么多年来，每每与他人谈起故乡，多半是在说记忆里的那个小城。

位于广西东部的梧州市，与广东接壤，据说在历史上有“百年商埠”之称，而到我出生的20世纪70年代之后，人们不再这么提，他们骄傲地称自己生活的地方为“小香港”，又因它的地理环境特征，更多的人称它为“山城”“水都”。除了龟苓膏、纸包鸡、冰泉豆浆等特产之外，梧州闻名于世的是它的“水浸街”。

我在跟外地人说起故乡梧州这个地名，他们几乎第一反应都是——啊，你们那里每年都被水淹。我总是哭笑不得。“水浸街”这个“传统”使梧州的房屋以“骑楼”为主，高高的楼脚可以避免整栋房子被洪水淹没。在骑楼的“脚”上，固定着一个铁环，那是用来系小船的，水浸街的时候，小船是交通工具，那铁环等同于现在的车锁。近年，梧州建了防洪提，“水浸街”的现象很少发生，骑楼被装饰成了著名的旅游景点。每次走在河东旧城区的“骑楼城”，找找那些锈迹斑斑的铁环，我会想起那个背着大书包，走在一路不见天的骑楼底下，即使下雨也不用打伞的学生妹。

在我很小的时候，就知道有个花花世界叫香港。从西江码头上船，可以一直开到香港，当然，仅限于集装箱里的货物，人要跑到香港，那就叫偷渡了。隔壁那个整天想着发财的叔叔总是说，游水去香港发财。听大人说，他还真的行动过一次，不是游水，是划着自己家的一条小木船，不过并没能走多远，好像到肇庆就上岸了。大概因为我们这个小城处于交通要道上，还没改革开放，这里的人早早就开始做发财梦了。过新年，大街小巷都在放香港歌星许冠杰那首《财神到》，即使在一间破破烂烂的居民房里，那喜洋洋、催人奋发的歌声也能穿过幽暗的花窗：“财神到，财神到，好走快两步……”

离开故乡多年，我与故乡总是在记忆中相逢，在情感中缔结，在写作中重返。

一　老　屋

我们家不是梧州市本地的。父亲是广东潮汕人，母亲是贺县(今贺州市)人。20 世纪 60 年代初，父亲在暨南大学毕业后，因为华侨成分的“不良”出身，被支边分配到广西地质队。母亲和父亲相识于在贺县搞“四清”的那段日子，结婚后定居梧州市。即使如此，我们家也是梧州市的“边缘人”。现在回想起来，在我开始有记忆时候的那间老屋，是很有象征意味的。

父亲在梧州的第一份工作是在梧州地委矿产局。梧州地委大院远离梧州市中心地区，单位分配给父亲的一间房子，位于连接地委大院石鼓冲的一座山上，我父亲回忆当时的房子，写过一篇文章《挂在半山腰的老屋》。这个“挂”，其实是很能形容当时我们家的情形的——父亲母亲就是“挂”在梧州户口里的外来人。听起来有点世外桃源的浪漫，但事实上那段日子的确相当艰难。母亲告诉我，我出生56天之后就搬进了这个老屋。

老屋是平房，只有两间居室，水泥地，门口搭个简易的厨房。这在当时条件都差不多的情况下，并不算特别窘迫，但艰苦的是，这间老屋左右无邻——背后是上山顶的路，左边是农业局的一个大实验室，下班后空荡荡的，各种躺在架子上的玻璃试管、瓶罐散发出刺鼻的药味；右边是空旷的山野，要走十多分钟才有一个废弃的“独立营”，偶尔能看到有士兵在那里训练，鬼知道他们什么时候来什么时候走，我猜父亲也没指望他们来保护我们。所幸，在老屋的脚下，有几家居民，夜晚，母亲看到脚下星星点点的灯火，才不至于害怕。

每天，父亲母亲要爬山上下班。那时候我们家很少有访客，大概是山路吓怕了父母的同事，再加上，那个年月，似乎人人都很忙，除非邻居，很少有人串门扯闲篇。

在这间“挂在半山腰的老屋”，我和哥哥姐姐孤独地度过了童年。姐姐是老大，比我大六岁，哥哥是老二，大三岁，因为没有长得足够大，所以我被禁止跟随哥哥姐姐偷溜到山野里疯玩。实际上，他们疯玩的主要动力是吃——采各种他们能认识的野果。他们也会带些回家给我，味道不是酸就是甜，在那个物资匮乏的时期，酸和甜已经足够撑起幸福的童年生活。现在，我们三个孩子坐在一起回想老屋的生活，就是好玩两个字，岂知，对父母来说，那是多么不堪回首的艰苦岁月。

父亲是一介书生，大学读的是历史系，而他干的工作却跟历史专业没多大关系，他在地质队挖过桄道，点过开山炮，餐风露宿，要是看到过他一贯瘦弱的身板，会觉得他能在那么重的劳力工作中活下来是个奇迹。可是，那个年月，到处都是这样的"奇迹"，因为他们怀抱一个坚定的信念，就是"活下去"。活下去就是胜利，而不是成功什么的。

父亲母亲总是有很多方法让我们活下去，并且活得相对体面。在老屋的前前后后，父亲开垦了荒地，种蔬菜、瓜果，他自嘲为"潮汕老农"。各个季节，我们都有自种的蔬菜吃，吃不完还带到单位送人，我猜当时父亲最希望的是地里能种出肉来。当然，父亲还养了鸡鸭鹅甚至兔子，这些家禽缓解了我们几个孩子长身体阶段对蛋白质和脂肪的本能需求，不过也仅仅是缓解罢了。胆子一贯小的父亲还跟农业局的职工进山捕过蛇，就是为了让我们能吃到肉——不拘什么肉。

母亲的手一贯很巧，只要有一寸布，她似乎都能将它做成有用的物品。那时候，我们所有的衣服都是母亲缝制，穿得也不比别人差。记忆最深的是，隔壁农业局时常有用完的化肥布袋，母亲跟职工搞好关系，讨了些来，拆洗后，裁剪缝制成内衣短裤，要不是那种月白色的土布做成外衣实在难看，我母亲会把这些土布变成时装。后来我们兄弟姐妹过年回梧州团聚，年夜饭围在桌子前忆苦思甜，常常会想起那些白色的土布衣裤，说起我哥哥当时有一条睡裤，屁股上印着两个字——尿素。我们笑得眼泪都出来了。

二 文 学

如果说，自给自足是父母对抗贫穷的武器，那么，文学就是父亲教会我们对抗孤独的法宝。

既非本土人，又在梧州仅仅有着十七年的完整生活，我不能说对这个故乡有多么了解和理解，但是，梧州的确是我的文学故乡，不仅是这个小城自身的历史文化底蕴，更多的来自成长期家庭给予我的文学滋养。

住在那个半山腰的老屋的时候，话还说不利索，父亲就教我背诵唐诗。我对老屋生活第一个记忆的画面，是父亲趴在地面的凉席上，给我们三个孩子当马骑。那是一个夏天的夜晚，灯光昏黄，父亲跟我们玩得高兴，他高兴的原因是，我们把他教会的唐诗一字不漏地背了出来。正值学校放暑假的姐姐和哥哥，也在外边疯玩一天之后，赶在父亲下班前将唐诗背好了。而四岁小小年纪的我，竟然也都背得很好。这是父亲最开心的一幕。事实上，作为文学青年的父亲，这一辈子最开心的事情，就是看到子女走在通往文学圣殿的道路上。

一个四岁的孩子,哪里懂得唐诗的美好?只是出于本能的趋利避害。唐诗就像是幼时的一个诱饵,只要背完唐诗,就有“马”骑,就有水果和糖粒奖励,就有父亲母亲夸奖的虚荣感;反之,则会受到责怪,而即使是声量稍大一点的责怪,也会让我委屈地哭上好一阵子。母亲说,在文学上,我从小就要强。父亲则解释说,那是因为我对文学有特别的天赋。谁知道呢?现在我时常想,要不是因为这间孤独的老屋以及父亲一开始“填鸭式”的唐诗背诵,我今天是否会成为一个作家?

童年就这样,三个孩子在无聊的老屋,在比赛背唐诗、看小人书中度过。通常是,一家人围坐在席子上,背唐诗,听父亲讲老虎的故事,母亲举着扇子为我们赶蚊子。这个场景,是我人生中最初的记忆。

十多年前,我从广州回梧州过年,姐姐提议去老屋看看。一家人气喘吁吁爬上山,那老屋居然还孤零零地“挂”在那里,荒芜、破朽,像个风烛残年的受辱老人。我们一家人看得唏嘘。走进去,发现褪剩一点淡绿色的门板上,竟然还有我歪歪扭扭的几个粉笔字。父亲说,六岁多一点,我就吵着要上小学,因为年龄不足,托关系找了人,参加入学前考试,父亲在门板上教我识了很多字,终于让我考过了。我比同龄的孩子提前一年入学。

就在我读小学一年级的时候,我们搬下了山,搬离了老屋,矿产局在石鼓冲的宿舍楼给父亲分了两房一厅。我们住进了四楼的家,有左邻有右舍,有楼上有楼下,从阳台往底下的街道看,母亲说，楼没有山高，但看下去却更可怕似的。

那次重回老屋看过之后没多久，老屋就被拆了。事实上，那座山的整个大半都被夷平了，成为房地产开发的一块“肥肉”。

浅绿色门板上的那几个粉笔字，一笔一画，开始构成我对这个世界的认知，同时也开启了我对这个世界的建构之旅。

正如父亲所预料，我的作文比同龄人优秀，每每成为贴堂的范文。十岁那年暑假，我写出了第一首分行的诗，经父亲鉴定，推荐到《梧州日报》副刊发表。大概是那些背诵过的唐诗，成长发酵，加上一些早熟的情绪抒发而成。后来我听到有人说，少年写诗，青年写小说，中年后写散文。在我看来至少前两个阶段是有道理的。少年浪漫，青年务实，中年深沉。我最浪漫的时代，是在梧州写诗度过的。

三　黄金时代

20 世纪 80 年代后期，改革开放之初，经济复苏，文学也获得了解放，相比今天文学的境遇，的确称得上是文学的黄金时代。借由文学而改变的命运，在国内比比皆是。父亲就是其中的受益者。

父亲在大学时代就喜欢写作，经常窜到中文系蹭课、听讲座，由此结识了广东的一些作家、诗人，秦牧、张永枚、郭光豹、韩笑等，在他们的鼓励下，他写诗也写杂文。在矿产局工作的时候，不时有文章发表在《人民日报》《羊城晚报》《广西日报》等，在当时的梧州，这种层次的发表并不多见。于是，他在四十多岁的时候，得以脱离那个不对口的矿产局工作,调入《梧州日报》副刊部。文学改变了父亲的命运,同时也注定了我的命运。父亲视写作为最有价值的事,只不过,他们是被时代所耽误的一代,那些未能实现的文学抱负,希望能在下一代人身上实现。他的愿望如此强烈。我们家三个孩子中,多少都受到过父亲有目的的引导,但是最终走上文学道路的,是姐姐和我,而坚持到最后的只有我。

整个中学过程,我几乎都沉浸在写作的乐趣中。父亲时常带我到鸳鸯江边散步,在那个黄绿河水交接的界线处,时常暗涌着急流,如同我青春期一起萌动的写作激情。我已经想不起来当时怎么应付其他科目的,学习虽然严重偏科,但整体也并不算差。那时候,全国的校园文学是很热闹的,关注并培养文学新苗似乎是全社会非常重要的一件事情。比较典型的是各个学校的文学社,开展各种各样的文学活动,比如诗文比赛、名师讲座、文学夏令营等等。我中学读的是梧州一中,当时的文学社叫萌芽文学社,在梧州属于很活跃的一个。1988 年,梧州举办全国中学生文学社年会,可以说是当年的一大盛事。全国各地的中学生文学社代表集中在诗意盎然的鸳鸯江畔,畅谈文学,大有恰同学少年的意气风发,这对当时的校园文学产生了很大的影响,也大大增强了我写作的动力。

那个年代,因为通信很不发达,所以写信交笔友很流行。我时常在国内报纸刊物发表诗歌,小有名气,经常收到全国各地文学爱好者的信。我记得在梧州师范念书的时候,是住校的,每周回家一次,每次回家我都会带回厚厚一沓信。最高兴的就是父亲,他每封都读得很认真。这些信现在一直保存在梧州的老家,偶尔回去帮母亲收拾屋子,会翻出一两封来看。近三十年前的信纸已经发黄,那些不认识的陌生人的笔迹,向我倾吐着自己的文学情怀和理想,现在读来,还能感到那一颗颗颤动的心跳,同时,满纸洋溢的对写作这项伟大事业的崇拜感,总是让我唏嘘不已。

学校的文学小环境是整个社会上大环境的文学氛围造成的。我很清楚地记得,1988年我第一本诗集出版的时候,当时的梧州市副市长李培鑫接见了我,并请我上茶楼喝了一次早茶,他说自己花钱买了五十本赠送给梧州的文学青少年。可以想见,文学在当时是很"红"的。由于政府重视文学,梧州文联举行的活动层出不穷,每年定期召开青创会,不定期请著名作家秦牧、紫风、陈残云、张永枚等来举行文学讲座,开展诗文比赛,还请到了著名诗人贺敬之、柯岩来举行颁奖并讲授诗歌……这些都为整个梧州市的文学创作营造了很好的氛围。

已经调入《梧州日报》副刊部的父亲,固然成为梧州文学活动的一个活跃分子。我们家隔三岔五就高朋满座,都是父亲的文友。那个时候,我们家虽然还说不上富裕,但也算得上脱贫了。父亲的文友们时常来我们家,他们畅谈文学的兴致很高,一坐就是一天,母亲还要给他们管饭。因此,母亲的厨艺在当时梧州文学圈是出了名的,她能用很普通的食材烹出美味,酿豆腐、酿南瓜花、酱油鸭……这些家常小菜通常是文友们来家聚会的一大诱惑。当然,他们最主要还是来谈文学的,有时候恰逢母亲没有准备,就着萝卜干喝光一大锅白粥,他们也欢畅无比。说句夸张一点的话,这些文友们似乎可以把文学当菜吃。

那个时候不兴下馆子，客人来家里吃饭大概是最高的礼遇了。秦牧、张永枚等著名作家，在我们家吃过母亲烧的菜。后来，我跟姐姐放暑假，父亲带我们去广州玩，就住在广州军区达道路诗人张永枚的家。有一次，父亲破例从寄宿的学校把我接回家，原来是香港诗人傅天虹和广西作家杨克、彭洋三位老师要来我们家，父亲希望能借此机会让我得到点拨。类似这样的机会有不少，我得益于父亲的那些文人朋友，获得了书本之外的创作指点。

这种文友家访、聚会，在那个年月特别常见。那时候没有高铁，坐飞机更是少数人才能实现，万水千山，相见不易，但是，穿省过界只为相见畅谈文学，激情燃烧的人不乏。听父亲说，有的诗人在国内游历，每到一个地方，就算素不相识，两手空空上门拜访，主人都会热情款待，因为诗歌是他们接头的唯一“暗号”，是他们敞开心扉的钥匙。进入 21 世纪的今天，以文学的名义聚会不计其数，各种研讨会、座谈会、采风……然而，同行相见，真正谈文学的居然稀少了。“我们谈谈文学吧……”“谈什么文学，喝酒，喝酒……”我时常被这样的拒绝弄得意兴阑珊。

我们家有一套年代久远的工夫茶具，是父亲潮州老乡送的，它在文友聚会的时候是“主角”。广西人对工夫茶并不熟悉，所以，父亲每次都给文友示范茶道，“关公巡城”“韩信点兵”……而一切关于文学、写作的话题便由那一只只盛着铁观音的小瓷杯传递着开始了。文学的芳香和温暖，在我的记忆中，总是离不开父亲那套虽古旧却精致的工夫茶具。

四　写作中的故乡

父亲经由文学而被改变的命运在我身上得以延续。在梧州师范毕业后,我因为公开出版了两本诗集(那时候没有自费出书,能公开出版是一种荣誉和认可)而被保送到广西师范大学中文系。四年后,同样因为写作保送读研究生。研究生毕业,又是因为写作的特长而分配到《羊城晚报》副刊部。2012 年,我调到浙江文学院,干着一份更为纯粹的文学工作。

从桂林到广州到杭州,离开梧州一次比一次远,回家的次数也随着距离的改变而减少。

2002 年,我转向小说写作,有评论家明确指出我的写作是一种"岭南写作"。从 1998 年到 2012 年,我生活在广州。刚开始,我一直以为我的小说是以广州为根据地。我写出的《骑楼》《多宝路的风》《达人》《少爷威威》等小说,就连街道名也都用广州的。然而,写着写着,我发现自己笔下的广州跟我每天所呼吸到的广州气息并不那么吻合,小说里的广州更多的是过去的广州,无论风物特点、人物气质都与当下难以对应。这个问题我想了很久才找到答案——那个借由广州地名呈现在小说里的,无非是我记忆中的梧州,是潜意识里通过小说返回故乡的种种途径。

梧州跟广州一衣带水,无论是气候、食物、建筑、方言还是人情、风俗,都与广州一脉相承。在历史记载中,梧州曾归属广东,后来才被划到广西,所以,梧州对广东既有地理也有人文的亲近。梧州的流行元素都来自对广州的模仿,梧州人谋生、找财路,第一个想到的就是“落广州”。我在广州工作期间，回家探望父母，每遇到熟人，他们都认为我在广州是“捞世界”，是最好的归宿，听到他们最多的话就是“几时返落去?”那意思就是说“什么时候回广州?”过去国道还没有开通，梧州人去广州只能坐船，一夜到天明就抵埠，是顺流而下的。因此，梧州人去广州不是“上”，而是“下”。这种地理位置和心理归宿感，构成了梧州人的复杂心理。梧州人对广州比对首府南宁的亲近感似乎更为强烈，然而相比其他城市，梧州的经济并不见得很有优势，发展的步伐相对也慢些，所以，这里的人有点自卑又有点自尊，既务实又不势利，虽有梦想却缺少野心，虽有想法却容易被吃喝玩乐耽搁。他们更喜欢跟自己人扎堆。我虽身处广州，在感情中却活在故乡，这些感受特别敏锐，不自觉地渗透到我的写作里来了。

写故乡，对于像我这样离家在外的人来说，其实就是写记忆，是写童年记忆。童年记忆就是一张无边无沿的页面，任他无数次敲打回车键，自己发送回去的每一次都能获取一个新的开头。苏童曾经说过:“作家一生的写作都是为了找寻第一记忆，并让其复原。而第一记忆，注定是丢失的。”作家每一次对“第一记忆”的寻找，都会创造出一个世界，而这个世界往往令人恍若隔世。写作在某种程度上来说，出发点就是源自一种恍若隔世的惊诧。

这些年来，梧州的变化很大，过去我们居住的河东市中心，如今已经变成了老城区，市政府搬到了河西，那一带高楼林立，成为新的城区中心。我们家依然住在河东的马皇巷《梧州日报》旧宿舍，也就是那个时代不少文学爱好者摸上门来谈文学的那个家。

我很庆幸河东片没有太多改变，这样，每次回去我不至于有太多的失落感。是的，失落感，因为每一次回家，我其实都在下意识地印证记忆，似乎只有这样才能让我找到故乡的感觉：骑楼底下的大排档，巷口的河粉、牛杂店，珠山隧道里的服装小摊，北山脚的酸菜铺，中山路口的凉茶铺……当然，还有母校的校门、西江里的游泳场以及江上的清风……这些进入过我写作中的信物，依然像证据一般向我证实着光阴的流逝。

前一段日子，我请探亲假回梧州看望父母。一打开门，我的口袋里就叮叮咚咚此起彼伏地响了。手机、iPad、电子阅读器中，那些一直在等待登录的端口，纷纷默认连接上了宽带网。这些声音吓了我一跳，就好像踩中了某个机关，某些断了线的机器自动开启。这是上一次回家的时候，我设置连接过家里的宽带，只要在一定范围内，网址缺省、密码缺省，一切的连接都是默认，自然而然。这些网络连接一直沉默着，游子归家的那一瞬间，这些连接统统复活，并奏响了动人的乐曲。

我与故乡之间，从我出生的那一天，就设置了默认的连接方式，那些隐而不见的情感，就是我重返故乡的缺省密码。

天天向上

有朋友开了一间酒吧，每天叫我去“吃酒”。感觉有些像农村里婚宴的邀约，鸡鸭鱼肉，杯盘狼藉。她是个豪爽的女人，喜欢大碗“吃酒”。开这个酒吧说是营生是假的，趁机结识对胃口的好朋友是真的。

第一次光顾那间小小的酒吧的时候，有一种很“地下”的感觉，里边清一色“吃酒”的女人，还有墙上放映的“先锋”影像，偏偏酒吧却有一个很“地上”的名字——“天天向上吧”，听起来有些像过去的朝阳商场、振华影院之类的。酒吧名字的含义不管主人有多少解释，但从直观上我挺喜欢这个名字，它唤起我们某些集体记忆，这一句口号对于我们这些70年代的孩子来说，确实是一句“挥不去的美丽口号”，就像苏芮、《铁臂阿童木》、《丁丁历险记》、《让我们荡起双桨》，还有波纹面、丁字黑皮鞋一样，都是那个时候我们共同的口号，苦闷的、侥幸的、比上不足比下有余的成长体会，到今天已经不是个人的了，这些在我们生活的噪音里几乎死掉了的语词，一旦再被我们听到，过去的经验和记忆也就活泛起来，虽然经验和记忆也是死了的。

我之所以对"天天向上"这个词语有一种温暖的记忆，并不是因为那个时候曾经是家长和老师的口头禅和眉批的习惯用语，而是连带这个词出来的是一片氤氲的雾气的笼罩。我对那个冬天的清晨刻骨铭心，尽管没有什么大不了的事情。中学时候，由于读书的学校离家很远，总是天刚亮就在朦胧的烟气底下将妈妈做好的一碗365天天天不变的白煮波纹面吞下肚子，然后就背上大书包出门了。我曾经不下一千次地诅咒过这样的寒冷而孤单的清晨，还有那个沉重而无奈的大书包。因为一向个子矮小，书包大得有些滑稽，因此经常被高年级的同学取笑我是偷姐姐的书包背来上学。那天清晨雾很大，几乎只能看到十步以内的东西，空气很冰冷，走在那条枯燥的必经之途，忽然有一个黑影从后边赶上了我，是一个骑着自行车的人，他赶上我以后就下了自行车，并开口问我，小妹妹，书包很重吧。我记不清当时是怎么回答的了，只记得那个黑影把我的书包从背上卸了下来放在他的车头篮子里。路上除了他还问过我在什么学校念几年级以外，就再也没有说话了。心里的那种忐忑我至今还很清晰，我们从那条路一直走回了学校，而不时有匆忙赶路上班上学的人，在雾霭里都被隐身了一样。快到学校门口的时候，那个黑影停下来，把书包重新帮我背好，最后伸出手轻轻地抚了抚我的右脸，说，好好学习，天天向上啊。然后就骑上车消失在晨雾里了。我的被风吹得很冻的脸麻木到几乎感觉不出他手的触碰。

已经记不清那个人的样子了,只记得那是个中年男人,一身灰色的衣裤。

不知道为什么,关于这个细节我从来没有告诉过任何人,但是并不等于它就消失了,关于“天天向上”的记忆就从此停留在那个片段了。

这是我的个人记忆,那个少年的大书包,那些乏味的上学放学的道路,那些没有任何意义的邂逅,以及那番没有任何创新的话语,直到今天说出来才发现,这些都是属于我们的集体记忆,时光给予我们,时光又要掠夺回去,时光又帮我们重新收集。每一天,都在向上。整个宇宙,整个人生,有一种不以个人意志为转移的飞升惯性,身在其中,不得不向上,也就被迫远离某种意义上的快乐。

市声

在这个世界上，所有的戏剧性都是那么的奢侈和虚假，人生往往是一出出反高潮的电影，有点闷，有点拖拉，有点莫名……

Joe 的拉丁舞

Joe 是我楼下小发廊的老板,一个四十多岁还保持着好身材的中年男人。他轻易不给客人剪发,每天,只是慵懒地搬张凳子坐在发廊门口,看过路的豪车美女。听说,他曾经很有名,是一个著名连锁店的头牌理发师。不过,前几年,业内杀出了一匹黑马,一个资金雄厚的商人,搞了一个发型设计会所,理发师清一色是色艺双全的美女,明摆着要赚广州男精英的钱。做这一行的,谁不知道,理发师历来都用男不用女。老板经营发廊几十年,活了一大把岁数,还没看到过这架势,眼睁睁看着客人跑掉好些,顿时有了危机意识,扛不过,也想改变经营模式,招美女理发师,吃吃青春饭,对于那些过气的老理发师,找个理由,炒了算了。Joe 就是在这个时候辞职,盘了个小铺位,当起了小老板。我还听说,Joe 父母辈的老房子是在东山的,他也算是个东山少爷了,只不过后来,他捞不好,才搬到岗顶这边来了。原来是个老东山少爷啊,难怪 Joe 总是跟这里的人搞不到一起，店里的伙计说，他很傲的，隔壁那些卖内衣、水果的老板跟他搭讪，他从不理会。在这条街上，Joe 只喜欢晚上到一家拉丁舞馆里去学跳舞。

一周三个晚上，每个晚上十一点到十二点。Joe 学完拉丁舞，出身汗，然后回家洗个澡，喝杯酒，磨蹭一下，就可以睡觉了。有拉丁舞的夜晚，单身的 Joe 不觉得长夜漫漫没法打发，跳舞成了 Joe 一天的谢幕方式。

教拉丁舞的那个女教练年龄大约四十岁，身材依然保持得很好，胸、腰、腹、臀这几个关键部位都还紧致，但是，一笑，眼角的细纹就兵分几路地包抄了她的年龄。可她似乎不在意那些细纹，总是热情洋溢地扭动着身体。台下的学员，有男有女，有胖有瘦，平均年龄也不会少于三十岁。这些人，一看就知道不是来研究拉丁舞的，而是冲着锻炼身体来的。

那个女教练很看重 Joe，有时候，还会请 Joe 跟她跳双人拉丁舞，给台下的学员做示范。这种双人拉丁舞，很有戏剧感，跳舞的两人，有的时候热情相迎，几乎身体相贴，有的时候，又冷漠地甩开对方，老死不相往来的样子。Joe 的双人拉丁舞跳得很好，他搂着女教练的腰肢，能感受得到女人身体凹凹凸凸的情欲。要是换作过去，Joe 不会去招惹这类老女人，可今时不同往日，Joe 搂着女教练的时候，时而相贴，时而相分，跳得也享受。在这套舞蹈里，Joe 尤其喜欢一组动作——女教练的头先是伏在他的肩膀上，接着，顺着音乐的节奏，慢慢滑向了他的脚后跟，他则用一只手拖着她，头颅昂得高高的，作一副冷漠状。这组动作，Joe 完成得特别有感觉，似乎又找回了他东山少爷往日的风度，只不过，这些美好的时光，现在，十分钟就结束了。

保安 Mike

这个世界上有很多 Mike，房产的中介 Mike、百脑汇卖 iPhone 的 Mike、理发师 Mike、广告公司的 Mike……这些 Mike 走马灯似的在我们身边晃来晃去，可是，很可能，我们记不住任何一个 Mike。

在我见过的众多的 Mike 里，我记下了一个 Mike。他在我的小区里，是个小保安。从来没有一个保安会用英文名，所以，他第一次介绍自己叫 Mike 的时候，我差点笑翻。他一本正经地说这个英文名，虽然尽力往正确里说，但免不了还是带湖南乡音。印象太深了，以至于我现在写下这篇文章的时候，边写边浮现出了他二十来岁的小眼睛和圆脸。

保安 Mike 在小区做事情还算认真，跟业主关系还算好。因为他嘴巴甜，而且看到有人吃力地拎重物，还会伸出帮忙的手。过年的时候，所有没回家的保安都跑到大门口，逢人进出都讲“新年好”，业主们也自然会给红包，可是，保安 Mike 总是收获最多，其实他跟所有保安一样站在门口,机会均等,大概是他那圆脸一笑,眼睛一眯,特别喜庆的样子,让人不由得多给一两个。

似乎 Mike 不怕人,跟业主打交道也特别大胆,不像有的保安,让他站岗可以,但让他去跟业主商量些什么事情,就往后缩,所以,很多需要跟业主交流的事情,都让 Mike 去做。当然,也因为他是个有个英文名的保安,使他在保安队伍里,成为一个异类。所以,在这个小区里,我感觉他跟业主比跟同事要好得多。我一度认为,Mike 是个大胆的、略微叛逆、有个性的保安。可是,当事情发生之后,我觉得,他所表现出的一切,都是他自己在给自己壮胆,壮行走江湖的胆。

事情是这样的:Mike 跟他们的保安领队发生了些不愉快,似乎那领队对他早就看不顺眼了,所以,就趁机把他打发到车库里去守车。没守几天,就传出了 Mike 在车库里,被领队硬盯着不准离开岗位一步,连上厕所都不给,最后竟然在领队的眼皮底下,忍尿忍不住,尿湿了裤子。这件丑事在小区里流传的时候,Mike 已经因为实在咽不下这口气,隔天带着小刀到领队的办公室里,捅伤了领队,被送到公安局里了。

从此,保安 Mike 在我的生活里消失了。

我曾经以保安 Mike 的这个事件,写过一篇小说,我为了将 Mike 尿裤子的事情写得更顺理成章更有信服力,铺垫了很多虚构的东西。尽管如此,我不得不承认,我始终还是无法搞懂,一个那么大胆的年轻人,怎么就不敢越过领队监督的目光上厕所呢?领队又没用枪顶着他,只是用眼睛盯着他而已,他怎么会那么胆小?

我真是百思不得其解,谁知道 Mike 当时是怎样的心理状态?

直到最近有一天,那个长期在我们小区门口收买旧报纸的湖南女人，上我家收报纸的时候，东扯西拉地跟我说话，最后竟然讲起她的这个老乡——保安 Mike。我随意地问起我那一直悬在心上的问题，她竟然很轻描淡写地说："他家里比我家里穷多了，他怕呀，他最怕的就是丢了工作。"

我听了这话，心酸得要命。这个简单的答案，一点铺垫也没有，一点虚构成分都不存在，可是，在某些人的人生里，竟然是再顺理成章不过了。

窗口里的赤膊男

在我家窗口对面的窗口，白天你不觉得异常，到了晚上，如果你稍微多观察几天，你就会发现，这窗口一到夜晚总是坚持亮着一盏灯，灯光透过半遮半掩的窗帘布，稍微带点红。

很长一段时间以来，我总是一厢情愿地认为，那窗口里边坐着的，几乎雷打不动的那个中年男人，就是我们小时候作文里经常出现的形象——一个每晚备课修改作业到呕心沥血的老师。所以，我偶尔睡到半夜起来喝水的时候，借着这个“园丁”的灯光，准确地摸索到客厅并且喝光一杯水，再迎着他的灯光摸索回床。我的心里总会感到很欣慰，这个世界上，有这么敬业的老师啊，祖国的未来大有希望！这样想着，我既欣慰又惭愧地进入我的第二集睡眠……

有一段时间，我为了赶一个稿子，夜夜挑灯奋战。那是个夏天，中年男人家里没开空调，从我的窗口看过去，他光着膀子，坐在电脑前，依旧不知道在忙什么。写得烦闷了，停下来，我就喜欢看他的侧面，想，这个赤膊男老婆也真够狠的，人家那么辛苦工作，居然空调也舍不得开给他。可是，等等，当我看长时间之后，我忽然发现，这个赤膊男居然不是在干别的，而是在玩游戏。有那么一两分钟，我看到他紧张得有点手忙脚乱，鼠标、键盘忙不迭，似乎是为了挽回一个残局。等我再看久一点，我更加确认，赤膊男绝对不是在改作业，绝对是在玩游戏了。我还出现了幻听，在寂静的深夜里，耳边响起了我熟悉的《愤怒的小鸟》的音乐。当然，赤膊男不可能是在玩这么低级的游戏，以他夜夜奋战的劲头来看，他玩的一定是个巨大的游戏。

一下子，我对他崇高的幻想重重跌到了地上。觉得好笑，一个中年男人哦，都不要睡觉陪老婆的。唉，晚上两三点了，望过去，看到他红红的灯光还在，一条白白光光的胳膊，佝偻着个背，在虚拟世界里刺激地消磨时光。哎，这个世界上原来有那么多无聊的人，就在我的对面，一个坚定的无聊赤膊男，或者说坚定寂寞的赤膊男。

后来，我听人家说，赤膊男跟老婆大吵了一通，老婆把他的电脑摔到地上之后，就离婚了。这个赤膊男大概打算跟自己的网瘾过后半辈子的每一个后半夜了。果然，离婚似乎对赤膊男没有任何改变，每个夜晚，他照旧亮在那里，照旧坐在那个地方，在眼前的屏幕上唯一看得见的那个世界里，寻欢作乐。小区里那些好事的女人，学他跟老婆吵架的话给我们听，他说，玩玩游戏有什么问题，三更半夜又怎么啦？别的男人三更半夜还在外边找女人睡觉呢，我这个，不害人又不花钱，你还想怎么样？

从我这个窗口看过去，他多么像一只被困的兽啊。在这个城市里，到底有多少这样的窗口困着多少只这样的兽？

对面住个黑社会

不知道为什么，我一直固执地认为，我家阳台斜对面住着的那个男人，是个黑社会。除了因为他总是穿着一件紧身的黑T恤，手臂肌肉一鼓一鼓的是个“肌肉男”之外，还因为他经常在阳台上用手机打电话，语气凶狠狠的，时不时摆出一副老大的款。

有一次，我在阳台晾衣服，突然听到他站在对面，吼了一句：“×你妈的，我明天就找人来砍了他……”我看过去，只见他凶神恶煞地喘着粗气，眼睛气鼓鼓地望望天，又望望四周。我有点害怕地移到一棵茂盛的芦荟花盆边，从芦荟的叶子的缝隙里继续观察他。最后，我听到他拨打了另一个电话，跟对方说：“喂，你明天过来，找几个人，做他！”听到这里，我更坚定地认为，他就是港产片里经常看到的那些黑社会。

人的心理有时很微妙的。自从知道对面住了个黑社会以后，我变得很喜欢站在阳台上，看书也好，抽烟也好，喝茶也好，发呆也好,都要在那里待上好一阵子,像守兔子一样,只要偶尔看到他,心就会像兔子一样蹦蹦跳。倒不是因为喜欢他(实际上他长得好丑),也不是因为怕他(他那条道跟我一点没关系)。我的朋友多次分析我这样的行径,都认为我是因为八卦,有偷窥情结。但是,我想想,他也没什么可偷窥的呀。因为他的嗓门大,只要站阳台上打电话,周围都能听得见。我隔壁那个家庭妇女,整天没事就在小区里找人聊天,知道的事情可多了,她在一次倒垃圾的时候跟我说:"对面那个男的,小心点哦。"我想,可能她觉得我老呆在阳台上,不安全。

难不成那个黑社会某天会端着支枪在阳台上?一想到这个,我就浮现出了电影里那些黑社会驳火的场面。我刺激的想象终于找到了主人公,有莫名的兴奋,甚至,期待……

后来有一段时间,黑社会竟然很久不到阳台上打电话了。我发现有一个年轻的女孩子,穿得很暴露,不时到他的阳台上晒衣服,有女人的胸罩短裤,也有黑社会的T恤衫。我想,噢,黑社会从良了,过上情爱生活了,脾气自然也温良了不少。从那以后,我到阳台顿时少了很多。也很久没了黑社会的消息。

直到最近,在楼道上碰到隔壁那个家庭妇女,她神秘地告诉我说:"你知道吗,对面那个男人,就那个呀,跳楼了!"我吓了一大跳。什么?跳楼了?在哪里?家庭妇女端着那只倒空了的垃圾桶,在楼道上跟我津津有味地说起了一起跳楼事件。原来,黑社会是在别的大厦跳了楼,目前知道的自杀原因好像是他的女朋友跟别人好了,要跟别人跑路。就这么简单?就这么就跳了?我真是不敢相信。那个满脸横肉、熊腰虎背的大只佬,居然会为了这么庸常的原因跳楼?要知道,我曾经在阳台上,望着蓝天展开想象的翅膀,想象着这个黑社会跟一大群人在我们这几栋大楼里火拼,最后寡不敌众,中弹身亡,上演一部黑吃黑的江湖电影。在这“电影”里,他死得多么理所应当呢。

那天,我看着对面阳台上那件还没收下来的黑 T 恤衫,风吹着它,左右摇晃。我心里很是伤感和失落。想想,原来在这个世界上,所有的戏剧性都是那么的奢侈和虚假,人生往往是一出出反高潮的电影,有点闷,有点拖拉,有点莫名,而它给人的出乎意料仅仅是——啊?有没搞错?这样就结束啦?

隔壁住着一个失恋的女孩

我开始不知道她在失恋，只是从她的屋子里面，从某一天某一刻开始反反复复地传来王力宏的那首《唯一》。这首歌本来我还是很喜欢的，只是经她这样放，我听到要呕吐的地步，她不是一般地爱不释“耳”地在听，而是变态了似的在听，我记不起那个傍晚到深夜，这首歌反复了多少多少遍。

后来我已经听不出这首歌了，我疲倦地坐在沙发上，希望那扇因为开发商免费送装修所以特别劣质的门被那些歌词的枪林弹雨打烂，然后我就直接走进那个隔壁女孩的房间，让她把本来应该惩罚那个男孩的一切都施加在我身上。原来比失恋更可怕的就是在感官上无休止的折磨，煽情的音乐原来有时候也会是一种有力的武器，像鞭像枪像炸弹。

我见过那个年轻的女孩，她在家的时候喜欢穿一件纯白的小背心，我也见过那个被诅咒的男孩，他经常替女孩拎着塑料袋到楼梯间倒垃圾。那个时候他们还很好,男孩一来,房间里就传出不同的节奏强烈的欧美流行歌曲。

他们曾经看起来很相衬,那个时候他们真的很认真地在过一种很像过家家的生活。

女孩把男孩的东西全都扔到了楼梯间,发出砰砰的声音。后来,在那首《唯一》的旋律背后,我听到有搬桌搬椅的大动作,很响,有几声甚至盖过了《唯一》。这个时候,那个唱歌的王力宏和我,都像蜷缩在女孩旁边的受惊的小猫一样,可怜地成为女孩的道具。

我不仅在忍受着听得要烂掉了的《唯一》,我发现我的心里还无端地升起了一种怜惜的感情,我想象着那个愤怒得要颤抖的女孩,她染了栗子颜色的短发,穿着那件健康的小白背心,我真希望她能让我进门去,帮她一起摔摔扔扔,一起改变改变,直到我们都筋疲力尽,然后跌在沙发上,喘气、哭泣、叫嚣……当然这只是我的一厢情愿,当然这些直到女孩半夜折腾完后都没有发生。

我并没有失恋,我正常地生活和工作,正常地享受爱情,可我为什么很希望加入到她的愤怒当中。我甚至很羡慕女孩那种摔打的力气,那种愤怒的铺张,那种行为的舒展,没有任何顾忌的,没有任何理智的,要听《唯一》就让它在音响里唱它百遍千遍,也许仅仅是为了想听那里边的一句歌词——"是否一颗星星变了心,从前的愿望一切都给抛弃"。

隔壁女孩失恋的时候,我发现,内心里,每个人其实在某个时刻都需要一种失恋的张狂,找个理由对生活摔摔打打,骂骂咧咧,找个理由对别人霸道霸道,纵横纵横。是吧,年轻的时候我们经常没有理由都可以那样干的,现在想起来了吧?

店长推荐

在我住的小区里边，开了一家蛋糕店，虽然不是什么名牌，但因为就近，我比较喜欢到那里去买蛋糕。

蛋糕店不大，装修得也还精致，整个店以黄色为主调，柜台、货架、墙壁，甚至服务小姐的衣服，大概考虑到蛋糕烤出来是黄色的吧。服务小姐身上黄色的裙子，总是让我想起那个有名的广告，西装革履的公务员变成了忙碌采蜜的黄蜂，身上是那种黄黑相间的蜂的装扮，头上两只触角，不分男女。为了广告，人不惜变成了黄蜂。这里的服务小姐，黄色的裙子，头上戴一顶白色的帽子，变成了一个大蛋糕。很快我就跟她们熟了起来，实际上统共就只有五个人，她们都很年轻，平均年龄不到二十岁，分别来自湖南、福建、湖北等不同的地方。

每天，我经过她们的店，没有客人的时候，都会听到很开心的笑声,很大声,我知道里面有一个年纪稍大的叫阿菊的,特别能笑,而且是那种暴笑,无论事情的可笑指数是多少,都能让她暴笑一阵,也是由于她老那么开怀,所以也比她们都要胖一些。阿菊在她们当中应该说是核心人物,除了年龄优势以外,就是她对姐妹特别讲义气,所以她们在老板面前一致把她推举为店长。有一次我在那里买蛋糕跟她们聊几句,就听说去年快过年的时候,其中一个女孩因为父亲生病了需要一笔钱动手术,她因为凑不够这笔钱没脸回去,据说村里的人都认定她在广州混得很有出息。阿菊就把自己回家的钱统统借给了她,自己在面包店从初一过到了初七。

说实话我不是特别喜欢阿菊,不喜欢是因为她的笑声。我从来没有听到过那么夸张的笑声,虽然我知道她的笑声并不是有意的。我记得有一次去给一个好朋友订生日蛋糕,要求在蛋糕上写字,我跟阿菊说上面写"祝:财色双收"。阿菊开始很纳闷地看着我,后来我告诉她是财富的"财",颜色的"色"的时候,还话音没落,就听到了对方的一阵暴笑,随即其他的服务小姐也凑过来看,也笑了起来。我很尴尬地站在那里,甚至有些恼火了。这样的祝福语实在已经不算什么,但阿菊的笑真的有号召力。

那次以后的一天我碰到蛋糕店的老板,向老板投诉他的店长阿菊。老板一脸诧异,他觉得阿菊是他最好的店员,没想到会得罪熟客。

过了不久,我多次经过蛋糕店,总听不到里边的笑声了。又过了不久,我就看到蛋糕店门口竖起了一个招牌——"店长推荐:浓情巧克力蛋糕"。当我走进蛋糕店里,看不到店长阿菊。我在正做特价的“浓情巧克力蛋糕”那一架上，随便挑了两个，在收银台交钱的时候，我问女孩，阿菊呢？女孩有些无精打采地告诉我，阿菊回湖南乡下了。为什么？女孩说她被老板解雇了。为什么？女孩看看我说，阿菊写单的时候，把别人的名字写错了。说到这里，其他女孩发出了一些笑声。我纳闷地看着女孩，女孩也忍不住笑着对我说，阿菊把一个叫“侯哥”的名字写成了“猴哥”，在漂亮的蛋糕上，没法改。阿菊最喜欢看《西游记》，每看必爆笑。那女孩告诉我的时候，其他女孩都参与过来，说当时是怎样怎样的，边说还边笑。那现在谁当店长？我指着门口那张招牌。女孩们一阵沉默。没人回答我。

当我走出蛋糕店，心里莫名地升起一阵伤感。店长阿菊和她的暴笑从此在我的生活里消失了。我估计她现在在湖南某间环境恶劣的湘菜馆里，念菜牌，写菜单。

后来我再看那个著名的广告的时候，才发现，那些飞来飞去拎着公文包忙碌采蜜的黄蜂们，从来不会发出一阵又一阵的笑声。

城市庖丁

公汽在这个城市里，最大。因为大多数的人每天都要用它。

当然这就实际在说公汽司机在这个城市里，最大。因为他在走走停停间把城市连接又分割掉了。

当我很多次坐在司机后面的位子上，从宽阔的车头玻璃看外面的街道，我觉得他是一个勇士，一往无前，所向披靡。尤其在他习惯性地靠站的时候，像逐鹿一般，骑车的、穿行的、等候的一概都对他“若步若趋”。而他，熟练地掐算着位置，来临又离去。在那些时刻我很羡慕他，我觉得他是最自由的，像庖丁一样在这个城市里，走马观花，连的连，分的分。当然我也会想，某一天的某一个时刻，这个现在坐在车上旁观的我，也是外面那些穿行、等候里的一个，那么渺小地在司机的视线里，成为他躲闪的障碍物。一下子就气馁了。

不少人会抱怨，公汽简直就是“公共来气”。发生在乘客与司机之间的争执,发生在司机与路人之间的争执多不胜数:没有来由地给人一个急刹车是因为想抢车位;才徐徐开动便冷漠地关紧了车门任由挥着一元票子的人边叫边追;到站了不报站是因为他们不干这些无技术含量的活儿;开着对讲机与城市另一端的同行聊天而不搭理乘客问路……可是他们照样坐在方向盘前就是主人,是道路的主人,因此他们往往脾气很大。

有一道让我想不明白的智力题:

一只苍蝇飞进了公汽里,而它根本不知道自己可以"停下它漫游的小脚"而达到向前飞的目的,然后它还是不停地往前飞啊飞。那么当汽车急刹车的时候,它会一头撞到车头玻璃上吗?

苍蝇感觉不到速度,是因为它飞惯了。就好像司机坐在驾驶室里,外面真实的人生疾驰而过,仅仅将自己的路线安排在起点、站台、终点里,一切的速度都是零速度,刹车成为他必要的插曲,直至他们跨出驾驶室的那一刻。

曾经有一个傍晚,车上寥落的几个人,都急着想赶回屋里的饭桌前。没想到在一个不是站台的偏僻处,司机忽然停了下来,我从车头玻璃看到他以极快的速度冲进一间路边的快餐店,迅速带了两个盒饭跑回来。车上开始牢骚,相当于几分钟的塞车时间成了被投诉的理由。等到司机上来向边上的人解释说他老婆最喜欢这里饭菜的味道时,车上一下没有了声音。

一个样,生活不是车头玻璃看出去的景观,更不是驾驶室里道路的主宰。在这个城市里,从来没有"叫嚣乎东西,隳突乎南北"的特例。每个人在自己的位子上都是庖丁,到了最后就成为分不清速度的苍蝇。大概这就是"众生"的状态吧。

一个好脾气的人

任谁,都会遇到过那么一个好脾气的人:他卑微地欢笑着,他讨好地逢迎着,他识趣地敛着自己的脾气。好脾气能使人长肉,所以,那么一个人,还会是胖胖的。或者,那个胖胖的人,就是你自己。

我始终相信,一个再暴躁再凶狠的人,他在某个方面,都会变身为那样一个胖胖的人。尤其是那些生活在城市里的人,多次摔跤的经验告诉他们,皮包骨的人和肉包骨的人,疼痛的程度就是不一样。所以,他们努力练习好脾气,努力长肉。那么,好脾气怎么得来?好脾气当然不是练练瑜伽或听几节心理分析师的课就能练习得来,好脾气来自"相逢一笑泯恩仇"的不断训练和修正,训练的结果正是我们今天经常挂在嘴边的诸如"宽容""和谐"等境界。这个境界多么好哇,和气生财,生财有道……然而,人总是喜欢沿着生活的惯性往下走,走着走着就到了另一个极端。一个好脾气的人，走到极端是什么？胆小怕事、漠然及至逐渐地失去了立场。正如我们身边的许多人一样，小心翼翼地生活在异乡大都市，保护着自己的好脾气，被一种可怕的安静和满足逐渐溺毙。

那天的饭局里，就坐了那么一个好脾气的中年人。他喝了些许酒，脸就红红的了，他胖乎乎的身上很快散发出了酒精和饭菜蒸腾出来的热气。吃到一半，不知谁挑了头，拿他当起谈资来了。他们讲了很多他的笑话，譬如他某次在郊区农庄喝多了酒，摇摇晃晃地走出门口，寻了棵树底下，就解裤腰带撒尿，尿毕，往回走的时候，却发现有人拉住了他，不让他走，他就一直跟那人拉扯，让那人放手，后来，旁的人才发现，那所谓的"人"，其实就是那棵树，原来他把裤腰带跟小树干捆在一起了……说完，众人大笑，他也笑。接着，又有人说起他的肥胖来。他从农村来到广州之前，瘦得像非洲难民。做了推销员之后，肥胖就跟他的销售业绩成正比了。整天吃饭喝酒，能不肥胖吗？最离谱的是，有一天他从早茶到消夜，总共陪了五拨人，喝了五顿酒，晚上回家上楼梯，腿都打飘了，摔了个大跟头，下巴磕破了自己都不知道，进到家门，老婆被他身上的血吓呆了。可还没等老婆帮他包扎好，有个熟客老板来电话了，让他赶过去唱K。他就又颠颠地跑过去陪。那老板一看到他下巴裹着的纱布印出的血，笑着对他说："靠，大姨妈来了……"这个故事一讲完，饭局上又爆发了一阵笑。

任谁，在那样一个放松、和谐的氛围下，也会笑笑的。可是，当我的嘴巴咧开的时候，我的眼角瞥到了那个肥胖的中年人，他毫无脾气地，半垂着头，脸上也陪着笑，他的手不知道是有意识还是无意识,用一根牙签,一直对着跟前碟子上的一块西瓜,戳了一个洞,又一个洞。

我顿时闭起了我的嘴巴。尽管我一个字也没说,但是,我在心里命令自己——别笑！我真的希望那个肥胖的中年人,忽然一改他的好脾气,爆发,甚至——掀桌子。或者,我忽然也一改自己的好脾气,爆发……可是,这是个和谐完美的饭局啊！美酒佳肴,人人混得衣冠楚楚。我低头夹起了一片精致的鹅肝,沉默地咀嚼了起来……

低俗小说

他是我的一个很远很远的小叔，远到什么程度呢？反正不同名不同姓，也许只是同一个祖宗。我也没弄清楚，反正是从我懂得事情的时候开始，他就成为我们家里节假日出现的常客了。说实话，我们家里人都不太喜欢他，更谈不上欢迎了，可是他却很喜欢到我们家里坐。印象最深的是，他不太有钱，只是一个小企业里的小会计，但他很喜欢发钱给我们几个小孩，每次进屋，只要看到我们在看书或者做作业，他就很高兴从裤兜里掏出几块钱奖励我们。尽管这样，我们还是不喜欢他，因为什么？因为他既结巴又啰唆。一个人结巴，沉默就好了，但他还要啰唆，一句话反复勉强讲完，另外一句新的又来了。喝了几口酒以后，就更加结巴，更加啰唆了。

他喜欢拎瓶小酒，搬张椅子坐进我们家里来。他喜欢跟爸爸谈人生谈社会，他只是一个中专毕业生，对大学毕业的爸爸，很崇敬,几乎到了谦卑。他越这样,我们就越不把他当一回事。

我记得最后一次看到他,是在一个冬天的深夜,这个深夜妈妈想起来至今还会掉眼泪。

那晚他带了一瓶茅台酒到我们家,说是出远门之前来告个别。我们也没看出他有什么异常,除了那瓶很贵的酒以外。酒席间他的话依旧结巴,依旧啰唆,几乎对每个人都说到了。我还记得他脸喝得红红的,对我说他的期望,大概就是要好好学习,知识最无价,知识就是生活的通行证之类的话。然后他就走了,走之前还跟妈妈说了几句什么话,妈妈后来告诉我们说是要她多帮看着他家里的老婆和女儿。然后过了几天,我们都在电视和报纸上看到了通缉他的消息。我们对着照片看了好久都不敢承认那个被通缉的贪污犯就是他。

我们很为他难过,过年过节他应该出现的时候却缺席了,我们就念叨着,不知道他一个人在外地流窜日子怎么过。时光就在我们每一次的念叨中过去了,我们的生活并没有因为他而有什么改变。

六年过去后的今天,就传来他被抓到了并判了十年的消息。我们没有机会再去看他,就连审讯也没有机会去听,只是最后从报纸上看到关于他的报道,他交代说是因为跟一个女人相爱萌生卷款离开这个城市的念头。我们眼镜大跌。这个小个结巴又啰唆的男人,怎么会?妈妈碰到他老婆,他老婆死活不相信他说的是实话,她说他是为他在农村的大哥填高利贷的钱,不把他大哥供出来是怕没收了他大哥的财产充公。

报纸上起了一个很噱头的题目,说小叔“为红颜卷款走天涯”。

我把报道当成一篇小说读,而小说的主人公根本与那个结巴啰唆的男人没有关系。他进了监狱以后,我们却在心底里改变了对他的感觉,渐渐就喜欢他了,也盼望他能早点出来在我们的饭桌上说半天才说完一句话来。

但我们知道,到那个时候,他一定已经变得很沉默,沉默到没人察觉他是个结巴。

头等舱

2015年，生平第一次坐头等舱。是因为屡屡坐经济舱往返，里程的积分数够了。航空公司问，女士，您已经有27000公里的积分了，要不要给你升舱？欣然接受，一是出于好奇，二是出于一种小农心理——享用自己辛苦攒来的级别，几分耕耘几分收获，应得此报。

优先登机。感觉真好。位置阔绰，感觉真好。以往坐飞机，把行李箱艰难地塞进行李架，然后侧身从乘客的膝盖前挤过去，还没扣上安全带，左右邻居就会相互点头打招呼，就像我们即将开始一种新的工作关系——合作愉快哦。在同一个扶手上，胳膊肘被另一个胳膊肘挤落，也不好表露出一丝不悦的意思。相比起这些，头等舱的感觉真好。可当我环顾隔壁左右，我的感觉慢慢变得复杂起来——仅有的那几个座位上，东倒西歪露出疲态的几个头等舱乘客，看上去，都是些涉世不深的小年轻或者说少年。我身边走廊的另一侧，把棒球帽檐压得低低欲昏睡过去的男孩，胡子桩都没长几根；我的左前方，两条长腿伸得霸道的男孩，精良的皮鞋上露出半截子白皙的脚踝，它有没有走过二十年的路？我的正前方，从座椅靠背的缝隙间跟香奈尔披肩一起漏出来的几绺颜色丰富的头发，这种幼细的长发属于二十来岁的女孩。而与我相邻的那个女孩，裹在一张大毛毯里，只露出一张小小的巴掌脸，我猜她二十岁都不到。

隔帘一拉上，对我来说就像进入了宇宙飞行员舱，有一种缺氧的窒息。落座前那种小农的幸福感荡然无存，取而代之的是一种淡淡的失落。我并不是在嫉妒这些头等舱乘客的年轻，我是在嫉妒他们年轻的身体下坐着的位置。我不该嫉妒吗？在他们这个年龄，我只在电视上看到过飞机。人届中年，我因为额外的奖励才获得了这个位置，而这个额外的奖赏来自我27000公里的奔波，一二三四五六七，多劳者多得……我有什么可庆幸的吗？我不过是在享受自己的劳动成果。那他们凭什么？年轻得路都没走多少。但他们一定是富有的。他们只要一伸手，就会有锦衣玉食放进去。我猜他们四五十岁的父亲母亲们，一定也走过我这个累积分数的阶段，而他们，一步就到位。

飞机钻入云霄，年轻人们或许已经进入光怪陆离的梦。我格外清醒，清醒得连二十岁时发生的一些事情都如在目前。读大学的时候，我因为想要买一件价格较贵的漂亮衣服，过年还跟父母发脾气；为了给我过生日，父母坐顺风车，抱着蛋糕坐在长途汽车的引擎盖上10个小时,到学校时奶油化掉了一大半;带我去看病,坐在油腻的小饭店条凳上,母亲抹着眼泪对我说,对不起,我没照顾好你……这些往事让我感伤又温暖。

很快,空姐来送餐了。坐在我隔壁的那个女孩终于从大毛毯里挣扎起来,她只要了一份牛扒,一杯果汁。不过,吃了两口她就放下了,发出了一声响响的叹息。我从她的叹息声里找到了说话的契机。"不好吃吗?"她看着我,说话有点迟疑:"不知道是什么味道,我吃什么都没有味道。"说完她把手臂上的毛衣一撸:"我是不是很瘦?"那截白嫩的手臂上一眼就能找到静脉。"你在减肥?"她摇摇头:"我抑郁症。"我吓了一跳。看起来,她的确是烦透了,开始向我这个陌生人倾诉。女孩大四还没念就休学了,因为抑郁,父母让她四处周游散心,打算明年回去继续读书。"唉,太迷茫了,不知道毕业之后干什么,总不能天天待在家里啊,出去工作,一个月的工资都不够我买一双鞋……我很多同学都说他们也很迷茫。"女孩又长长地叹了一口气。她的脸上没有一丝浮夸的得意,的确布满了迷茫的痛苦。

我的话很少,她一直在讲,直到空姐把我们的食物收走,灯光转暗,她又把自己裹进毛毯里,闭上了眼睛。我知道她睡不着,只是不想睁开眼睛,害怕从这么真切的世界里看到的还是迷茫。我久久地看着那张年轻的脸,心里竟然有些疼痛。

这是今年初春的一次旅途遭遇。在那之后,我又坐了几次经济舱,因为那个头等舱,我的里程数已经清零,我必须从头开始积累。我很明确,这是人的节奏,不是命运的节奏,这节奏让人产生意义,也让人找到目标。

今年,微信朋友圈里很流行“晒”步数。用手机计步器记录下自己一天所走的步数,一天所走的里程,然后分享给朋友们看,甚至跟那些分散在五湖四海的朋友们相互比赛。每个晚上临睡前,我喜欢看看这些数字,这些数字是我一天的积累,是我用脚步踩出来的,尽管它们不值钱,但是我却感到一种奖励的快乐。每一天,我在计步器上摁下重新开始这个键,这些数字又回到0,从那个时刻开始,我走每一步,仿佛都能听到这个沉默的机器在为我奏响一个音符,这些数字最终会组合成一首音乐。我的母亲每到岁末都要翻看家庭存折,计算一下今年的存款,然后美滋滋地跟我父亲分享,好像这是她持家的成绩。她并不是一个守财奴,她总是告诉我们,积累起来的数字才有意义。

我时常会想起头等舱里那个迷茫和困惑的女孩,有时候我在路上走着,看到一个年轻的时髦女孩,我都怀疑那是不是她。我不知道她的手机里有没有装计步器,她太年轻了,也许会觉得这东西很无聊。我也不知道她那迷茫的抑郁有没有消失,是不是还在闭着眼睛假装睡觉。她根本意识不到,时间已经为她摁下了开始键……

再过几天,今年就结束了,对于习惯积累的人来说,那不是结束,而是一种归零后的重新开始。

剪刀、石头、布

在网络上看到以前的一个男同学,在校友录上贴了一张照片,抱着他一岁的女儿,满脸自豪,像抱着毕业经年来的一个奖杯,下面还注有他的一句话——从来不抱小孩的我现在已经很拿手了!

据说男人比女人更爱自己的小孩,因为男人自己不能繁殖。对于不能够的事情,人们总是加倍地去珍惜。或许吧。这个男同学,在读书的时候,从来没让人预感到他的这一面,大概连他自己也不曾预料到。

从前我们最喜欢去猜想某个同学的未来,总是觉得未来里有很多蛊惑的东西。惊天动地的或者平庸无奇的,在猜想里,我们总是想要去印证未来,于是总是会说,我们约好了,毕业十年以后再回母校相见。然后生活将我们冲到了各自的岸边,几乎没有人想起那些约定。那些校园里的恋爱和校园里的死党,全都有了新的恋爱和新的死党,在每一个城市里扎下了根并迅速地开枝散叶。

更多的是音讯全无的。从这个意义上说,时光真的是一场泥沙俱下的浩劫。

在网上,我们宿舍的同学在互相打听老大的下落。老大来自一个小县城,是一个相对坚强的女孩子,她那个时候还比较喜欢参与我们的活动,郊游、看录像、逛小吃街……毕业分回了她所在的小县城教书,之后就一直没有音讯了。宿舍里跟她最好的是我的下铺,好几年前仅有一次出差经过老大的县城,匆忙间去她的老家看过她。她还没有嫁掉,她还一直在一所中学里带毕业班,她还穿着她在学校的时候喜欢的蓝色,她还是像过去那样想说什么就说什么不想提什么就不提什么。下铺说,老大不想说的东西多了很多,所以她们几乎相对无言的时间很多。下铺说,分别的时候老大对她说,以后见面不要再喊她老大了,言下之意是说她在宿舍里是混得最差的。

我们在网上说,老大忘记了当年封她为老大,没别的,只是她在我们之间年纪老大而已。可惜后来谁也没有机会见到老大,直到今天。

我们在网上流传着关于老大的种种传奇。那个很老实的老大,被我们在网上展开了想象的虚拟的翅膀,有人说她嫁到了桂林下面的一个小县城,跟回那个分手了的读数学的沉默的男生,此刻在青山绿水之间徜徉逍遥呢;有人说她到海南发展过了,失败了又回那个县城,做些小买卖……当然这些说法有一定的线索,但多半都是我们的瞎猜。

从前是猜想，现在是瞎猜。读书时代给我们一个机会，凑在一起，“剪刀、石头、布”，谁赢谁输，嬉笑了之。那是游戏的时代。

后来我们在网上就不再谈老大了。那是因为有一次，下铺贴了个帖子给我们，说我们不要再谈老大了，她总觉得老大是生我们的气了，她总觉得老大一直在线上看着我们的议论，只是她没有进来而已。

于是，我们沉默了。

游戏的时代已经过去，奔向生活并在生活里找空子的我们，“剪刀、石头、布”，各怀心事，各种造化。

没有的故事

和任何IQ故事一样，听了这个故事照样让人哭笑不得：从前，有一只乌龟，它居然会说人话，但仅仅会说“没有”，哎，你听过这个故事没有？那么回答“没有”的人，自己就是乌龟哦。这是一种出其不意的陷阱，问得自然的话，中招率在98%，2%是那些不用普通话回答或者只用摇头表达的听众。

其实故事就是为了让你在众多森林般茂密的现代设防之中“没有”一回，然后一笑置之，有一种奇异的离你甚远的思维模式让你释怀了一下。脱口而出的时候，每个人的怀疑浓度都稀释到了0，智商没有了。

大学里的一位导师，由于一位考古学的朋友送他一个宋代的碗，并送他一套鉴别古董的书，之后便一发不可收地迷上了古董。在古董街甚至在菜市场里，最没有考究最容易受骗上当的那个人，就是他，钱花了，买了一堆烂盆破碗，他也乐得拿放大镜对着书逐个鉴别。久而久之，小范围里的人都知道了他这个癖好，许多农民便巴巴地带上自家稍有年份的说是祖上的祖上留下来的“传家宝”，开了个价便让导师买了下来。师母问他到底那些是不是真的，他迂腐地笑说还没鉴定出来，不过看到那些农民挑一个箩筐穿一双烂鞋，实在不忍赶走，只得买下来。第二天师母把家中最旧最烂的碗碟逐个埋在自家花园的泥土里，隔半年便取出一只看上去颇有沧桑年份的来，说是在菜市场向一农民买的，清代的，看，裂缝里泥土嵌得多深。导师很高兴地拿去考证了。

导师于学术上硕果累累，被评为“杰出人才”，而于古董，智商却几乎没有，但却还是很开心地收藏着一堆没有价值的破玩意儿，心中的怀疑浓度已被一种热情和对别人的同情所稀释了。

艾略特把患有精神病的妻子无情地送入精神病院，直至终老。这位曾经在经济上、创作上给予艾略特无限支持的女人，执着地爱着诗人，在精神病院孤独地结束她一生时，还坚信不疑“艾略特的诗中，每一句都有我”。可是，又有谁会知道并记住呢？我们在《荒原》里只看到艾略特独自的寻寻觅觅。

我们一生中努力过的事情，有许多到头来是没有的，能将怀疑浓度尽量稀释到最低，然后像故事中设下的陷阱般，不假思索轻松地脱口一句“没有”却真真是基本上没有的。

指甲那么点大的王菲

周六的晚上，朋友拉我去看王菲演唱会。为了找到座位所在的区域，我们几乎绕体育场转了一圈。等到坐下来，才发现，原来真人王菲离我们比电视机上的要远多了。廉价的票给我一个与王菲直线最远的距离。斜上方分四排坐着一群整齐的人，仔细看看，应该是参加体育馆建设的工人，因为免费，所以坐得最偏远最安分。

我喜欢听王菲的歌。第一次她来广州开演唱会的时候，我坐在贵宾位置上，很近地看她，好多年了。那时候，她不沧桑，不谈“老牛嫩草”的恋爱。本来我以为她是不会老的，现在由于她频频跟比自己小的男明星恋爱，我觉得，她老了，因为，只有老到一定程度的女人，才会像母亲一样去欣赏苍白少年。

开演的时候，王菲从天上降下来。我只有通过离我最近的大屏幕，才能获悉王菲在台上的衣着、动作和表情。因为这样的距离，我喜欢的王菲，只有指甲片那么大。

她唱的还是那些熟悉的歌。她还是那个不喜欢不愿意多说的人。一首一首地接着唱我们在CD里听到的歌，有的时候，几乎顺序都不改变。

坐在露天的体育馆，我们集体听CD。当然，提醒我们身处现场的，是那些晃来晃去的荧光棒以及发泄一般的呼叫。

因为距离，我不时地对我喜欢的王菲走神，倒是注意起离我最近的那群工人来。对于他们的生涯来说，这该是一场“盛事”，整齐的衣着以及肃穆的神态，对这个现代都市的流行文化，作一种他们认为是正确的姿态，远距离的姿态。我相信他们都听不懂王菲在唱些什么，更看不清指甲片大的真实的王菲。他们一直很安静，就算观众尖叫、鼓掌，也引发不了他们的动静。只是在演唱会不时点燃烟花的时候，他们每人都长久地引颈欢叫。

王菲唱歌还是那么好听，虽然她在我视线里只是指甲片那么点大，我还是很喜欢她。坐在我旁边的几个女孩子，轮流举着望远镜，长时间在讨论一个问题——王菲是不是穿一双平底鞋？高跟鞋总是使长的腿变得更长，使挺拔的人变得更挺拔，穿平底鞋的王菲用歌声延续了她的腿和挺拔，也用歌声放大了她指甲片那么点大的形象——当然，也用各种轰轰烈烈的绯闻走远了她的星光大道。

结束的时候，王菲用一首很中性的《人间》跟我们道别。然后，体育馆点燃了烟花，在空中开放，因为烟花的热闹，刚才还空空的天一下子就不空了。所有人都观赏着这些瞬间的绽放，美丽、耀眼。

等到烟花散尽，我发现，不知道什么时候，舞台上指甲片那么点大的王菲居然就不见了。再斜过去看那群安静的工人，令人惊讶地也全都整体消失了。

“一定还有别的出口，王菲肯定不会跟我们一起退场的，哦？”随着拥挤的散场的人流，朋友向我问起这种很幼稚的问题。

我只是纳闷，我们的位置边上，也一定有一个我们看不到的出口，让那群格格不入的人就在一场烟花的速度里，安静地全部消失了。

这里有粉丝卖

这里说的“粉丝”，不是我们吃的虾米粉丝煲里的粉丝，而是微博上的粉丝。日前，传说网上有粉丝卖，价格每个5元、10元、20元不等，按照发帖转帖量来计价。

我相信这是真的。既然明星都有职业粉丝，网络上为什么不会有？上微博的人，喜欢“随时随地跟人分享新鲜事”，自然喜欢跟越多人分享越好，粉丝的数量，代表着自己的人气，代表着自己的魅力。不少人，是希望能成为网络明星的，所以，他们把每篇短短百八十字都做得语不惊人死不休，或者专挑猎奇的东西来吸引人关注，一旦看到自己的粉丝量和转帖量节节攀升，自然是得意洋洋，美滋滋的。因为这部分人的心态，遂带旺了网络粉丝买卖行业。

把锁在抽屉的日记晒到网上。微博就是这样日晒夜晒，最后晒成了一个名利场。人们在这里争夺关注度和粉丝量。在某大网站的微博里,还分有VIP和非VIP,这些VIP们,似乎被盖了个认证的标记,就真的VIP起来了,只跟VIP扎堆,只关注VIP,仿佛形成了一个圈。写日记还分等级?或者说,开包厢来写日记?这世上,口水也开始分等级了。

我也被拉进了微博,由于上得不勤奋,所以粉丝量一直寥寥无几,关注数也少得可怜。曾经有一个朋友,找到了我的微博,进去一看之后,留了个私信:"这里人丁单薄,看来你也没多少市场啊。"我读了这话,很是惭愧,从此开始留意那些人气旺的微博,看个究竟。

别人为啥就那么旺捏(呢)?

最终我发现,一些本身在网下就是名人,一些在网络上早就有知名度的人,一些的确表达出众、言论犀利的人,他们的微博粉丝多,不奇怪,可是,有一些莫名其妙听也没听说过的人,某时某刻,记录了些无病呻吟的小心情,记载了今天的一件小事或一杯小奶茶什么的,居然也赢得了很多粉丝,实在有些不解。

自从知道有粉丝买卖生意之后,我开始有些明白了。有钱,什么不能买?买粉丝,就好比给自己买漂亮的衣服,穿得漂亮便赢得回头率,粉丝买得多便赢得他人的关注,更重要的是,赢得自己虚荣心的满足。

最近,听我一个朋友向我诉苦,说他们公司里的头儿,不知道为什么,迷恋起微博,迷得发烧,网络上手机上,随时有感觉就随时发。他的手下投其所好,上他的微博做他的粉丝,还转帖留言。这马屁拍得他也舒服。后来,发展到全公司总动员,人人都要求上头儿的微博,而且,要做到及时上。只要头儿某时某刻发微博了,公司员工就必须要跟随其后,一个不能少。那头儿的粉丝和关注度,眼看着坐火箭一样迅速飞升。朋友对我说,苦啊,现在不上厕所,也要上微博!

哦,原来,用权也可以买粉丝。

鉴于朋友的苦,我向他献了一计——干脆帮你们头儿买粉丝算了,买来的粉丝,一律取公司员工的名字,头儿点着卯,看着整整齐齐,知道全公司的上下都欣赏自己,关注自己,自然心满意足,心情愉悦。至于买粉丝的钱嘛,每人出自己的份,就当在网上买了个自己,给自己当傀儡。

朋友一听,笑逐颜开,连说:“那我肯定买 24 个自己,24 小时都关注着头儿的微博,这才能做到 24 小时,随时随地与头儿分享嘛!”

爹是谁呀？

爹是谁呀？爹现在所指的，可不是你逢年过节的，拎着脑白金风尘仆仆地赶回家孝敬的那一位，更不是你每天加班到深夜回家，为你等门留灯甚至“叮”地热一碗汤的那一位。爹现在应该是明星是大款是大官，是现时代既用来“拼”又用来“坑”的那一位。比如李刚、李双江、王军等这样的，才能算是拿得出手的“爹”。

世贸的食肆还没有撤场的时候，我偶会到那里跟朋友喝喝茶吃吃西餐。记得有一次，落座不久，就看到一个二十出头的男子走了进来，坐到了我们的邻桌。或许是他的衣着打扮实在太有范了，惹得不少人朝他望过去。识货的人很快就从他的手表、服装、眼镜、鞋子以及他在等菜无聊时玩的电子产品里，判断出他是个出身豪门的孩子。我对名牌愚钝，但等到他点的菜上来后，我也凭着那些鱼翅、鹅肝等上乘食品得出了相同的结论。他一个人独食，却点了好几样珍馐。我估计着，他的一顿饭，顶得上两桌人吃一顿便饭。他根本不理会众人目光，慢条斯理地边吃边玩。我想，他们这类人，要的就是这种“炫”出来的效果，把目光当成镁光灯，把赞叹当作鼓掌声。

说实在的，我也很羡慕这样的人，无须奋斗就可以过上别人奋斗终生都过不上的生活。有的人说，不经历苦哪里懂得甜。我觉得这完全是励志的蒙骗人的话。苦就是苦，甜就是甜，人一出生下来，还没有学会分清是与非就先学会了苦与甜，难道不是吗？不信，去问问这些孩子的爹们，他们大多经历了从苦到甜的过程，用金钱和地位酿出了一罐罐蜜，他们绝不愿意自己的孩子去吃苦。连傻瓜都懂得，甜比苦好吃千百倍。正因为如此，爹们吭哧吭哧地奋斗着自己要吃甜，顺带着连孩子也吃上了甜。

我并不“仇爹”。有官爹名爹腕爹的孩子，是宿命，一睁眼一落地，没得挑的。可是，当这爹成为一种筹码，成为一种互相晒互相拼的资本的时候，我深深地为这些爹感到忧伤。爹是谁呀？爹除了是你的米饭班主之外，难道不是你骨血的源头亲情的枕头吗？我们看到越来越多的将爹当成提款机、降落伞、招牌门面而丧失了基本的亲伦的新闻事件，这些爹们在为孩子“擦屁股”处理麻烦时，那些悲从心底来的面孔，叫人看了不知道说什么好。

有天，我在楼下桂林米粉店等粉吃，看着那个给我烫粉的年轻人，手法娴熟，以为是店里的伙计。谁知道，走进来一个熟客，朝着正在收银的老板开玩笑地大声说：“老板，你怎么好叫你儿子烫粉啊？他可是富二代呀！”那老板叼着根烟数着钱，冷冷地笑了一声。

我隔着一缕缕烟气，看了看那个正在给我烫粉的“富二代”。他仿佛没听到什么似的，沉默地继续烫粉。我想，这家伙肯定是从小没好好学习，落得成为一个二代米粉店主。他那个样子，让我忽然想起我带的一个实习生，他的 QQ 签名上有一句话——别人有的是背景，我有的却是背影！

“四不像”情绪

在机场，见到一个中年人，在电脑前，一边打字一边讲脏话，好像对着屏幕跟人吵架。后来，坐上飞机等飞，隔壁坐着又一个男人，拿着手机边发字边咬牙切齿，嘟嘟囔囔，我心怀叵测地斜瞄了一眼，是在发微博。跟机器犯不着吵架，是跟网民。这样的情形见多了，网络成了很多人的发泄地，尤其是男人。只要稍微留意一下，你就会发现，无论什么事情，被放到网上，无论好坏性质如何，总是会有那么一部分愤怒的网民跟在后边，一串一串的，让我想起学生时代读过的那本世界名著《愤怒的葡萄》。

他们为什么那么喜欢愤怒呢？正如所有的粗口，无论哪种方言的，一经说出来，总是很有力量的。可以这么说，愤怒的情绪就是网民的粗口，愤怒的力量很大程度上悄然代替了网络的力量。

我不否认，网络的确给中国人带来了便利，也叫醒了中国人当中那些沉默的大多数,连胆小如鼠的人,也敢穿着小马甲,骂起大街。然而,在越来越多的围观者中,其实掺杂了很多“四不像”的情绪,这些情绪,既不像公平也不像民主,既不像同情也不像良知,但是,统统都以一种类似的情绪发泄出来,这情绪就是——愤怒。这些愤怒常常是未经推敲的围观情绪。所以,很多人不知不觉会走进一个误区:凡是遇到不能解决的不公待遇,就想着要把事情搞搞大,似乎一搞大了,引人围观,引发愤怒了,事情就能解决了。这样的结果导致越来越多人喜欢采取极端的手法,向这个世界讨说法。比方说在众目睽睽之下跳桥、随便用刀架住一个陌生人的脖子只为了讨生意上的债务、赤裸全身约见媒体记者采访……这些被搞大的事情,也如愿地成为热点,被围观了起来。或许这些被搞大了的事情,最终真的因为被搞大而获得了解决,可是,一旦这样的方式成为一种屡试屡爽的手段,那么,活在这个世界的人,一有些不如意,就操刀冲到大街上,搞搞大呗!谁都那样干,我也可以那样干。

昨天,在超市门口,见一男人跟两个男人发生了争执。我也围观了一会儿,那两个男人显然占了优势,扯着男人的衣服,大有开打的架势。那个男人寡不敌众,大声叫嚷着“救命啊,打人啊”之类的。叫声引来了更多的人来看。很多人都对那两个男人指指点点,说他们不应该人多欺人少,不应该打人之类的。后来,那两个男人迫于舆论的压力,把那男人放了。一场风波平息了,可是,后来我才听那守车的管理员说,那个男人是个小偷,他刚把手伸进那两个男人其中一个的口袋里,被发现了,他们才揪着他出手的。

真相没有多少人看到,而我们这些围观的人,被那个小偷"搞搞大"了之后,竟然扭转了事情的发展方向。网络上流行一句话:"围观改变世界"。我想,应该这么说:愤怒改变世界。或者说:一种"四不像"的情绪改变了世界。无论改对了还是改错了,搞搞大再说呗。于是,这个世界的某一天,终于变得也"四不像"了起来。

事业线的位移

要是你仍旧把女人胸前深挖而下的那根目光线称为事业线，那么你跟我一样 out 了。时至今日，事业线已经产生了位移，它已经从前胸移到了后臀。在低腰裤盛行的时代，股沟代替乳沟，成为一条新锐的事业线。

我曾经在一家内衣店里，听到服务员向我介绍一款新推出的内裤，除了穿着舒服、有性感蕾丝之外，它的亮点主要在于，裤腰的那根松紧边极其宽，极其精致，服务员说，很多女人都喜欢这根松紧边，因为穿低腰裤的时候，可以露出那精致的宽边，更重要的是，它的颜色很能衬托出股沟的肤色，只要稍微一弯腰，就可以看到股沟了，很炫的。

事实上，股沟的装扮已经很普及了。除了在内裤上做文章之外，还有不少直接在股沟上装饰的，最普遍的就是在股沟上文身。

不少明星不是喜欢将自己爱人的标记文在自己股沟上吗？在路上，我也曾经遇到过不少股沟女，她们走在我的跟前，一件很短的上衣，一条很低腰的裤子，那么中间部分就显得很“危险”，随着走路姿势的节拍，股沟时而开时而闭，仔细一看，那里边，还养着只小蝴蝶或者小猫咪，文在股沟里，隐约可见，路人有的时候实在分不清楚自己追着那地方看，到底是看那在过去时代一直难见天日的部位呢，还是看那有趣的文身。

曾经有一次，我母亲很不好意思地指着前边那个股沟女，问我：“那女的裤子不怕要掉下来吗？”我一看，那女的裤子仅仅被髋部两骨架起来，架得很勉强，仿佛只要一只手指一拉就要顺势而下了，而当她不得不弯腰去捡不小心掉落地上的一张钞票的时候，实际上，她露出的不仅仅只有股沟，还有半个白屁股，瞬时引来不少路人侧目。而那女的，完全不顾及自己身后已经孔雀开了屏，安然地在目光下继续前行。

过去那些为了勾引男上司目光，一低头一弯腰，甚至故意俯身以达到使乳沟深刻，博取上司深刻印象的桥段，似乎逐渐远去了，如今，事业线已经从前上方位移到了后下方。真真应了一位诗人的话——“向下生长的枝条”。这个时代，不得不承认，某些趣味的确是在向下生长的，不管你接受与否。

话说，我最早一次见到股沟，还是在我童年。某天跟着邻居家一个哥哥到山上摘桑果，我不小心踏空摔了一大跤，门牙都缺了，满脸是血，哭着回家。结果是，当晚，邻居叔叔拎着那个哥哥到我家，二话不说，拉低那哥哥的裤子，用鞋子抽打屁股。我噙着两包泪,看着那胖鼓鼓的半只屁股被打得红通通的,那两股之间确有一条深深的沟,那时候不懂得那地方叫股沟,只是头一次见到,看得心惊肉跳,陡然不知道是害怕挨打还是害怕那生平第一次见到的私密之沟。没想到,时隔三十年,这秘密之沟已经成为了大街上一道道的风景了,教我如何不感叹时光之变幻莫测呢?

有爱

爱上一个应该爱上的人，其判断的依据是——像蝴蝶一样自由，像蝴蝶一样美丽。

520

他递给她一包香烟,520。拆开,抽出一根,为她点上。她吸了一口,看着盒子里剩下的十九根香烟,整齐的烟嘴里,藏着十九颗红心。

他早就在电话里说,要为她找这种情人烟,每一根烟嘴里都藏着一颗红心,他在电话里想象着她的唇,吮吸着那颗红心,然后香烟在她的舌尖魂飞魄散。好像他的爱情也在香烟中魂飞魄散一般。她开始一点都不相信,香烟是她多年的伴侣,她熟悉它胜于熟悉一个男人。据说 520 代表很多含义,女人抽着男人给点上的520,是幸福的终点。她不喜欢一切带有隐喻或者说暗示的东西,她觉得天亮就是天亮,天黑就是天黑,她闻到暗夜里昙花馥郁的芬芳,她的脑袋就会条件反射地涨疼,朝生暮死或者暮生朝死,对于她而言,都是不同方式的自戕。而她觉得自己,每一天都在选择这样的自戕,所以,她熟悉这样的味道,就像熟悉香烟的味道一样。每次打开一个新的香烟盒,她都要阅读那行欲盖弥彰的小字:吸烟危害健康，或者是 Cigarette smoking is dangerous your health，她的心就有一种开启的快感，烟盒就像潘多拉的盒子，里边藏着说定了要放给她的毒，定份的味道，危险的缭绕。她享受。

这是她生命的隐喻。真正隐藏在日常生活方式里的指归。他从来没有问过她，她也不知道他是否察觉，他只是觉得她很快乐，很动心，他不喜欢她吸烟，可是却喜欢她享受吸烟的样子，他宠她，陪她享受一切快乐，危险的快乐，毒害的味道。所以，他给她点烟。直到给她从很遥远的地方买520。

520。我爱您。

原来是这样的。

她从来不迷恋数字。可是，他给她念香烟盒上的数字，520，她觉得很性感。是的，性感的数字。她开始有些明白王家卫这么多年迷恋一个旅馆的门牌号，2046，前尘旧爱，时空穿梭，这个性感的数字是爱恨缠绵的无尽的延伸。她开始有些明白有的人唯独喜欢CHANEL 5号，或许并不是喜欢那种浓甜的味道，而仅仅是这个号码给人带来的记忆的标签。

他给她点520。给爱情生火。每次遇到爱情，她都及时行乐，只用那些虚幻的暧昧的语言来给生命取取暖。可是，这次似乎不一样，他没有用任何煽情的表达，他只是把一个数字点燃了，她吸的时候，心就有灼痛的感觉，烟就沁入了她的骨髓。他说过，他不希望吸烟危害了她的健康，他给她买最清淡的烟，520。原来，他是骗她的，原来，这种烟只要吸一口，就中毒。她被呛得酸楚，被呛得几乎忘记了所有的过去，呛得只剩下逃避的力气，这些力气，足够她义无反顾地涉过那条不能回头的爱情的河流，随波逐流……

小玩意

她喜欢将一根烟剪掉三分之一，剩下三分之二来抽，无论什么烟，无论在什么场所。她随身带着一把精致的银制小剪子，还有一个银质小烟盒。有一次饭后，她遗忘了那个小小的烟盒，一打开，那些三分之一的烟整齐地排列着，浓浓的烟草味，白皙的小烟段，在银光下颇有些女人的味道。不一会儿，她转回来取遗忘的烟盒，从餐厅的门走到我们饭桌的一点点距离，袅娜得好像走了一个长长的T型台。直到烟盒跟她一同消失，座中的一个男人，开始不断地向我们打听她，他喜欢上了她。

不知道是烟盒，还是那个袅娜走近的过程。她被人看上了。

喜欢一个人，很多时候是从喜欢一个动作或者一次说话开始，甚至从喜欢一个饰物开始的。女人总是要在生活细节上“抠”出些自己的特色来了。

跟我很好的一个女朋友，朋友很多，属于很 nice 的那一类，在交友这件事上，完全看不出她的审美取向，各色人等几乎都可以跟她交往下去，虽然程度深浅不一，可是她就像万能的容器一样，容纳了江湖。偶尔，她也会抱怨说，那么多个人，没有一个爱上自己的。朋友之间，从谈得来的起点出发，最终到达哪里，需要缘分，也需要悉心培养。这样的时代，张口说喜欢一个人，简单得如同吃生菜，可真要逼迫人家说爱，或许还得附加一些语言，煽情的氛围语言，甚至是身体语言，等等。女朋友经常自嘲说自己就像一个“开发区”，开发了不少陌生人，可是却没有开发出跟自己心心相印的那另外一半。

这个世界上，如果真的存在跟自己心心相印的那一半，我想那一定不是开发出来的。或许是一个遗忘在桌上的银质小烟盒，或许是一个众人间出现的微笑，或许是一次碰撞后的尴尬……总之，是生活里那些不经意、不努力的小玩意、小伎俩。

记得我曾经迷恋过周润发，虽然现在这些迷恋已经随着岁月流逝成为了很久不再唱的一支老歌了，想到那些黄昏里，时常对着他那幅海报，剧照里他浅浅地含着烟，烟蒂离他的唇很近很近，燃成了灰的烟还完整地耷拉在他微笑的嘴角边。他离我那么遥远，我从来没有见过他，更加没有跟他说上一句话，可是，却在幻想中爱上了。

从这个意义上，爱上一个人，太容易太容易了，可是，从另一个角度看，就像那个女朋友说的，找到那个要心心相印的一半，太难太难。毕竟，人在谈笑间只有那些不经意的小玩意是流露的，而心灵，更多的是在屋子里向隅而思的那些特定时刻才片段式地呈现，就像被女人剪来抽掉了的那些烟一样。

QQ 上有月亮

QQ 上的阿龙，用很多种颜色拼画了一个月亮 sand 给我，祝我中秋节快乐。那些拼拼凑凑的色彩，倒让我体会到一种支离破碎的斑驳，在这个虚拟的网络世界里，硬是升起了一轮怪诞的明月。忽然想到月圆月缺的无常，又有谁可以捉摸？阿龙说，这个月亮定会在共此时的时候，照见了穿越时空的网络隧道中长发飞扬的我。阿龙一直不知道，我留着再短不过的短发。我们一直通话，他也没法捉摸到我的样子，更何况所有埋藏在我内心的比那个彩色圆月更怪诞的想法呢？

据说有 57%的人相信网恋，而我却一直抗拒这个比例。甜言蜜语也好，唇枪舌剑也好，键盘操纵着的心灵是设防的，就像我和阿龙，在“两人世界”的聊天室里，貌离神合地谈天说地，倾心倾肺，有时甚至双方都认为在实实在在的生活里都找不到那么能聊的知己了,但我还是无法去相信,这种既不知长发短发,甚至不知真男真女的交流,会臆想成真,成就一段锅碗瓢盆的姻缘。

我照例在午睡时间进入。阿龙的头像闭着眼睛,表明他在午睡,我就有一搭没一搭地和别人贫嘴。很早开始,在"我的好友"那一栏,就只挂着阿龙一个人的头像了,其他,都在"陌生人"里跳跃。阿龙说他很专一,只跟我聊,谁知道呢?忽然,阿龙居然醒了,有一丝惊喜,一下子,就收到了他的信息。他的话让我的心仿佛浸到了冷水里,这是让我始料未及的反应。他说很抱歉瞒着我那么久,其实他是个女人,跟我在同一个城市,当我需要渲染情绪说这边下雨了其实窗外阳光灿烂的时候,她就很清楚地知道了我的谎言,我对于这个城市现状的描绘实在有很多文学的虚拟成分,她一清二楚地在欣赏着我美丽的谎言。她说这都没有影响她对我的爱,她说她就爱女人,她爱她们如水一样的情绪和体态。她还问我是不是处女。这话让我感到一阵恶心。

一个我一直以为是男人的女人爱上了我。

我匆忙地下线,我害怕她告诉我其实她看到了此刻泪流满面的我。我这是怎么了,不是说好虚拟的吗?对方是男是女又有什么关系呢?

一连好几天我都没有再打开那个空间,那个叫阿龙的女人令我对那里感到肮脏。直到有一个夜晚,我忍不住又进去了,一下子便被阿龙逮住了,那个雄性的头颅上的眼睛写满了欺骗。他问我最近怎么了,他孤零零地挂在那里等得瘦了好些,他说他发现其实男人的耐性也不比女人差。我的肺都要炸了,一句"你这个不男不女的流氓,别在这里撒野了”堵了过去。他好久没有反应。最后只递过来一句:“嗨,你是你吗?”

是啊,我是我吗?他是她吗?有谁知道呢?

后来,才弄清那个中午,他依旧是午睡,只是他不知道他的账号被别人盗用了一回,恶作剧了这场误会。他约我在中秋的晚上在QQ上看月亮,我仔细地看着那只他画的彩色的月亮,才发现在一个角落上署着我的昵称。现代化里的月亮,却是要署名了的。可是,在草坪上赏月的人们,很容易就可以举头望明月,低头思故乡了。怀念那一轮实实在在的、悬在半空的圆月,即便它也是无常地不知道在那个夜晚会否被乌云遮蔽……

天　机

我实在不喜欢置身于这样一个饭桌,左右对面都是一些伤过的女人,喝了点小酒,恰到好处地清醒地要争着倾吐自己的伤痛。说白了,我不喜欢看到时尚光鲜的女人们显示出手臂、大腿根或者哪个隐秘的地方的疤痕,我喜欢看美女永远自信地昂着头孔雀开屏一样地穿越生活的市声。

可是,我发现我经常被动地置身于这样的饭桌,听那些破事情,我总是要一边聆听一边在心里喊:破事情,破事情。

真的就那点破事情,人生或许就这样拐了个弯。这个时候我的口头禅总是那一句——有点记忆也不赖啊!

天晓得有记忆好还是不好。人不能活在记忆里,这是真的;人没有记忆也能生存,这也是真的。

这回坐我对面的女人,很美,已经四十岁了还那么美,她说她有时间,因为离婚了不用带孩子不用挤菜场,没事就自己招呼自己，把自己伺候得周周到到的。没有肚腩没有蝴蝶斑没有双下巴，举手投足有一种孤单的影响力，那并不是美人迟暮的落寞，那是有点刻意又有点天生的品质。她逐一给我们看手相，穿一袭黑裙子，一头玉米烫的长发盖住了两颊，我想喊她作女巫，并不是因为她看手相有多准，并不是因为她把身边女人的伤疤都看到了，仅仅因为我觉得她把自己驱逐到了生活外围的森林里去了，每天起床第一件事就是拿着那面魔镜问：镜子镜子，请告诉我，生活里边，谁最痛苦？

把痛苦当作生命的美丽，不是自恋就是自虐。

她说她就知道结这个婚不会有好下场，为什么？因为领结婚证的那一天，千里冰封，她骑着自行车顶着风霜，前面一片白茫茫什么也看不到，结果没走到一半就摔骨折了。果然，婚姻也走得踉踉跄跄，走了一半也折断了。

都说这是老天给她的一个暗示。她说她从此知道了天机。

怎么样的人才会去相信命运？那些运气不好的人；怎样的人才会去算命？那些不顺心的人。我记得有一个故事就是说算命的，说的是从前有一个秀才，屡次赶考不中，后来就去算命，问十个十个都是名落孙山的答案，于是他就对家人说他不相信自己的命那么差，背井离乡从此踏上了寻找算命答案的征途，发誓要找到一个说他能高中的算命先生。等到他终于找到一个算命的说他能高中的时候，他已经奄奄一息了。

这当然仅仅是个夸张的寓言故事，谁会那么傻，一生去寻找别人判断自己的答案呢？可是谁又会那么傻既然知道了天机还要叹息着去成全上天给予人的必然的承担呢？

往你心里去的路

“这个世界上的路有千千万万条，可我仅仅懂得往你心里去的那条，有去无回。”当手机上显现“成功发送”这几个字的时候，她马上就后悔了。这么酸溜溜的话，他一定要酸掉了大牙。

这是她的原创。她暗恋了他好久，她给他转发了无数的短信，无论是好笑不好笑的，黄还是不黄的，任何地点，任何时间。只要她想念他了，就给他转发短信，没有一句话他当真了，因为他知道她转给他的话，全是“大路货”，到处转发，所谓“群发乱舞”。

夜晚的时候，在酒吧，看对面一个男人，依稀像他，于是她写下了上面那句话，总结了多年来爱的宣言。

一摁，话就说出去了，这么多年来的吞吞吐吐，在手机上没有一点问题，一下子解决了。

几乎是同时，他在她所不知道的地点，不知道的生活方式里，接收到了她的宣言。

她不能猜测，当这句话抵达他的手机，抵达他的手上的时候，他究竟是什么样子的，她完全没有依据。如果他的生活片段，能够让她像拼图一样拼接起来，那么用想象修复出的那个他，一定要多美有多美。可是，她凝视着没一点响动的手机，关于他，自己一点线索也没有。

过了十分钟的安静，她开始不安。她在忐忑，他当真了？他害怕了？他离开了？

想了好半天，她重新写了几个字：千万别往心里去。“成功发送”的时候，她长吁一口气。

她想过很多办法，想要找到那条通往他心里的路，并且希望一去不回。正如第一条短信写的那样，有去无回。可是，有去无回的往往只是短信，对于去爱他，她还没有出发就举步维艰。

也许，他当作众多转发的短信一样，看了，就关上手机盖，或者删除。

果然，有一天，她的手机响起来，读取一条新信息，一个她的追求者发来的：

“这个世界上的路有千千万万条，可我仅仅懂得往你心里去的那条，有去无回。”

一字不差。她原创的短信，被人辗转回到了她手里。她一度以为他是这句话的独家版权拥有者。只能说，她写了一条很深情款款的好短信，而版权的拥有者一旦成功发送，它就成了千千万万个饮食男女的，而通往无数个“你”心里的那条路上，急行军一般地拥挤着无数爱和被爱的人。

原来，通往一个人内心的道路，往往是这个世界上千千万万条路以外的那条，要找的时候找死找不着，一个不留神或许有可能就在你张望的眼睛余光里消失了。这才是爱情群发给人们的信息。

物质生活

我所要说的是一个真实存在的故事,故事的主角曾经那样物质地生活在我的周围,音容笑貌,吃饭喝水,谈情说爱。虽然他们现在都灰飞烟灭成了记忆,成了非物质的存在。

在我生活的小城里,每年都会有一场洪水,旧时的楼房在二楼的外墙上都钉着一个铁环,是涨水期间以舟代步时扎系船只用的。随着现代化的发展,防洪措施的越发完善,人们几乎遗忘了这些斑驳的铁环。当年《正大综艺》曾把这个环作为谜语让观众猜,这些旧环又被炒作了一把,重新成为小城的标志,但毕竟是没有用的东西,一下又被遗忘了。城市里流行的东西太目不暇接,所有的人都仅仅关注能抓住的切身的东西,生活太真实。

从高中起她就耽于一场惊天动地的恋爱,爱着一个近乎疯狂的诗人,那个时候写诗还很流行,校园里的文学社诗社多如牛毛,而他在那个小城以诗歌颇负盛名。她迷恋着他神经质的苍白,他的抑郁的诗句和激动的呼吸。毕业了他们双双都没考上。她跟着家人在路边摆了一个田螺档,这个城市有一种永不打烊的小吃——酸笋田螺。浓浓的酸笋味廉价地在路边让人欲罢不能。生意勉强可以维持,她坐在锅前总喜欢发呆,太久了以至于头发上身体上都罩着散不开的酸笋味。

每次他和她约会,这股廉价的味道就成为他们吵架的催化剂。

他跟着叔父学习安装空调,攀在一幢赛一幢高的大楼的身体外,在不容转身的脚手架上,替每一户房间做着人工呼吸。他渐渐地喜欢上这种工作,尤其把一只脚凌空,世界都在脚下,扁扁小小的;尤其当飞机从自己头顶掠过,自己就伟大得成了飞机的一边翼。他已经不再写诗。有一天他又重新写了诗。那是一个下午,炎热并且烦躁。他拿着客户单来到一家豪宅装空调,23 层 B 座 304 的一个少女打开门让他进去,清幽的少女的香水和体香,那么体面而遥远地招呼他,他为她奢侈的大书房装完了空调后,女孩客气地笑着递给他纸巾和可乐。他迅速地爱上了她,他把她写进了诗里,他把她幻想进他的生活里。

一周后他再度主动来到那间书房为她修检零件。也是一个下午,对所有人来说无异于任何一个南方热带的下午。他站在城市的铁架上空,没有系安全带,他从 23 楼纸片一样地飘了下去。人们说是事故。

夜晚,她来告诉我,那个女孩一点也不知道他是因为她而坠楼的,那个女孩甚至不知道在她生活里还存在过这样一个曾经写诗的安装工。可她知道他一直在幻想她,包括跟她做爱的时候,就已经开始幻想她了。她相信他在铁架上一定又在幻想她了。

不久的一个凌晨,她孤零零地挂在自家二楼的那个用来扎系往来船只的铁环上。市民们一直没想到这个几经遗忘的铁环还有这样的用处。

不记得是哪一个诗人写过:物质生活是一枚子弹/射穿你我/光阴也逃遁了。

又是哪个诗人下了决心后又食言了:从明天起/做一个幸福的人/喂马劈柴/……面朝大海/春暖花开。

不　解

大学班级在网上建了一个同学录,据说很热闹。那些分配后就十多年没有音讯的同学,全都浮出了水面。当他上去的时候,已经济济一堂了。虽然是同学,毕竟分开了十多年,彼此不知道彼此,所以除了挖空心思回忆校园的点点滴滴以外,真要聊起当下生活的现状,感觉还有些像在聊天室上结识一个陌生人,一切的叙述和交代都要从头开始,并且,还有必要隐瞒和遮蔽一些真实。

有一个晚上,在上面跳出了一个名字,所有的人马上上去跟她打招呼欢迎她。只有他踌躇。她是当年的班花,她曾经跟他走过一段,只是浅浅的一段,莫名其妙的一段。他不要她,是的,这一点他记得很清楚,第一次伤女孩子的心,他用一封信在暑假的时候抛弃了她,没有什么理由,他记得当时只是用一些很宏伟的句子说明自己很微妙的心,那是 1986 年,有足够多宏伟的口号。暑假结束,她挽着本班一个男生经过他，坚强地坚持着挽着那个男生一直到毕业结婚。

"我其实也不明白当时是怎么想的，所有的同学都觉得我傻。"他点击着鼠标，将她的照片放大了给他的妻子看，他的妻子，很乖巧地坐在他身边，听他那一段青春的罗曼史，脸上是安静的笑容，然后起身为他倒了一杯红茶。

他始终没有上去跟她打招呼，她也是。两个人在网上捉迷藏一般。好在不用见面，并不尴尬。

从此他就很习惯每个晚上在固定的一个时间上去。后来他发现他上去总能看到那个名字，穿梭在其他人之间聊天。他总是跟几个同学聊得比较多，同时不忘用眼睛看那个名字，从她跟别人的交谈中，他知道她跟那个男生结婚不久后就离婚了，一直到现在。

"我就知道她跟那个同学性格不合适，不会长久。"他这样对他的妻子说。

他和她还在继续这样的避而不见。同时，他忽然觉得自己的妻子这一阵子有些不对劲，动不动就要跟他找茬，并且不再坐在他身边看他跟同学聊天，最后竟然不开口跟他说话了。

终于他忍不住问他的妻子怎么啦，他的妻子却反问他："你为什么到今天还不上去跟她打招呼？"

他被问蒙了。

他也不知道为什么。过去为什么跟她分手，现在为什么不跟她说话？

后来他就不怎么上那个网了。

纵使时光催人老,他现在有足够的理论和经验来解答一些年少时期的疑惑,他有足够的成熟来分解那些青涩的感觉,纵使生活是人的百科全书,它教会人提问和解答、遗忘和牵挂、清醒和糊涂,甚至教人儒佛并重地代理人生,但是——每一个当下,过去的当下,此刻的当下,都潜伏着一些困惑,来不及解,然后就一直不解了。

虚构的“瓦解”

写小说的人，久而久之，会形成一种惯常的思考方式，那就是穷其所能，力图在一个虚构的故事里完成其逻辑结构，使故事的推进充满信服力。因此他的内心必得先充满了各种质疑，然后像做手术一样，精细地将所质疑的东西一一解决掉，得出一个完美的充满信服力的作品，如此，达到了艺术的真实，无可质疑。这种思维习惯逐渐地影响了我的日常生活，比方说，遇到一件突如其来的事情，我总会在心里推算着——何以至此？是的，何以至此，那不就是将小说推到结局的一个漫长过程吗？伴随这种思维惯性出现的，通常是“不至于此”“的确如此”之类的拉扯。这其实是很折磨人的，同时，我也感受到了这些思维的“伤害”。

从一次饭局说起。

那时我还在广州生活，饭局是一位老诗人吆喝的。来的都是老朋友，有小说家、诗人、报刊编辑、青年评论家。只有一个陌生女孩，介绍才知道，她是老诗人顺便邀来的，是长期为老诗人从香港带一种进口药的中间人。我们觉得，她就是个生意人吧。她一来就表达了对文学的喜欢和对作家的敬慕。在座的都不觉得新鲜，因为她实在太嫩，看上去也就是二十来岁的样子。谁知，整顿饭下来，她不怯场，从喜欢文学说起，很快谈到了她的个人经历。她说，前些天回老家，她跟父母作了一次激烈的斗争——希望父母能接受她的香港男友，并允许他们结婚。可是，父母死活不同意，父亲用皮带狠狠地打了她一顿，“我现在背上满是伤痕，贴了很多膏药。”她这样说的时候，脸上还带着笑。我们都被这“私人叙述”吓住了，停下了咀嚼的动作。她接着说，自己在客厅跪了整整一夜，还被父亲关了禁闭，是仁慈的母亲偷偷把她放了出来。

这简直就是旧社会发生的事情嘛。其中一个作家问她：“父母为什么不接受你的香港男友？”女孩说起了她那段戏剧性的爱情：两年前，她到香港玩，逛书店。她站着读一本书，有个男人一直站在她身边。后来，男人向她搭讪，告诉她手上拿的书是他写的。女孩顿时心生敬意。二人交谈甚欢，互相留了邮箱。他们就这样交往了起来。“他已经五十多岁了，比我大三十岁，这是父母不同意的原因之一，而更重要的原因在于，他其实很穷困，目前没有职业，就是给报纸偶尔写点豆腐块，而且还离过婚。”

我们都清楚，在香港以文为生很不靠谱，报纸只发豆腐块文章，没有政府资助的文学机构，就连出版社都是民营的，据说除了畅销书外，香港文人印书都是自费，仅靠自己拿书到书店卖，获得一定的分成。显然，这女孩的男友，就属于自费印书的那类作家。

这次饭局成了这个女孩的爱情故事会。我的内心在她的讲述过程中一直在怀疑着，何以至此呢？尤其听到她与男朋友的巧遇，以及她多次与父母抗争的激烈方式，我都觉得不太可信。她是个生意人，遇着一群作家，自然要编出这么些与文学相关的事情，以拉近关系。我甚至在饭局结束走出饭店门口的时候，仔细地打量着她的背，据她说那里几天前还被毒打，“满是伤痕”，你看，她竟然还弯下腰来，将门口一个摔倒的小娃儿顺利地抱起来，举在怀里，面带微笑。她的背不疼吗？

第二天，我接到饭局中那个杂志社编辑的电话，说那女孩今天下午要领她香港男友到杂志社拜访，问我要不要来看看。“要不要来看看？”这话真的意味深长。到了杂志社，我发现昨天饭局上的人几乎都来了，他们都是来“看看”的。

那男人快六十岁的样子，在我们面前显出他这个年龄不应有的局促。他拿出了自己印的书送给我们，青年评论家详细地询问他香港文学的一些状况，我们则在心里从男人的回答中验证着其“作家”的身份。后来，男人向我们谈起了港译的西方书籍，顿时变得很自信，滔滔不绝，还从包里掏出一本港版《别让我走》，石黑一雄的小说。他说自己很喜欢这本小说，并要留给我们读。那女孩安静地靠着男人坐着，一直微笑地听他说。最后，男人终于说到了他们的爱情，他说，他没有钱，也没有地位，但会努力争取她父母的认可，即使用尽后半生。这话从一个老男人嘴里吐出来，让我鼻子一阵发酸。

临别的时候，男人牵着女孩子的手，说：“我们很高兴能认识你们这些作家。”同时深情地看了一眼女孩，仿佛我们是他们的结婚见证人。女孩很幸福地看看他，又看看我们，说了一句：“我都怕他们不相信。”霎时，我为自己的那些心理活动感到羞愧不已。

女孩走出去的时候，我久久地看着她的背，我坚信那里“满是伤痕”。后来，我们再没见过那女孩，更别谈有什么“生意”关系。

这次饭局让我对虚构的信服力产生了怀疑，甚至对自己总是在苦苦推动“何以至此”的过程感到苍白无力。很多时候，信服力其实可以毫无逻辑，甚至可以让人始终丧失“何以至此”的追问，因为它常常会被感人的力量所瓦解。

爱入膏肓

“等到风景都看透，也许你会陪我看细水长流……”

她像坚信真理一样坚信这一句流行歌词，于是她等他把风景都看透，她把他看成了自己唯一的风景。可是，万一，真有那么一天他真的看透了风景了，但他不喜欢看溪水，却喜欢看青山或者是海洋呢？那她还不仍然是一个人看细水长流？

他看风景的时候，她在看他；她看溪水的时候，他却在看青山。这就是爱情。

发些这么唯美的感叹，我总是遭到饭桌上那些人的抨击。实际上我知道，他们全都是这样的，看什么看，最终只能剩下自己在看，痴心不改，到最后没有能力回头，被爱情弄得奄奄一息了，当然不堪回首。

她永远地在我们的饭桌上缺席了。她的故事成为了我们的教材。

她是我挺喜欢的一个朋友,每次见到她我都能见到他——他无时无刻不出现在话题里。这个男孩我是在她消失以后才第一次见到,可是他已经在她的传说里死了,他跟随着她的死亡而死了。所以,即便我第一次见到她的他,我已经没有办法对照了。好不容易找到一个证据,那是她为此爱入膏肓的一个特殊的地方,他的眼睛。

在她生前,假期她都不回家,留在这个南方的小城,拼了命地打工,拼了命地存钱。当我们问她要那么多钱干什么,她笑笑说她想跟他在毕业前到西藏去看溪水,用她的两只眼和他的两只眼,一只都不能缺席。我们说她被爱情烧坏了脑,看溪水要到西藏去看吗?这里的山上就有。我们更笑她,只要人去了那里,眼睛怎么会缺席呢?

她笑了笑。近至疯狂的疲劳让她消瘦得一点分量都没有。我们担心她那么瘦他会不会甩了她?

她顾不得那么多了,冬天来了,夏天就要来了,夏天来了,同学就散了,他就不见了。

存折里的钱或许攒够了,或许还没够,她就消失了。她从一幢高楼的外墙上起飞,飞翔到六楼的一盆菊花上,蜜蜂一样吸足了花蜜,然后就停歇在了陆地上。在她的手里,死死地拽着一把金黄的菊花瓣,另外一只手里,是给人做钟点工用的一张抹布。

后来我才知道,她要攒的是一个天文数字,因为她的愿望是她的眼睛和他的眼睛,一个都不能缺席。她不知道要到什么时候才能帮他把另外一只坏死了的眼睛恢复视力。再多几个冬天,再多几个夏天,都不够。

可是他一点都不知道她是为了他,为了他跟她一起去看溪水。据说他苦苦地在教学楼的一棵树下,等一个一眼都不看他的女孩,春花秋月地等。

我依旧不合潮流地将这个故事叙述得很唯美,我还经常唯恐它不美,因为只有在类似这样的悲剧里,我才能感受到爱情的力量,可是,又有多少个类似这样的悲剧呢?

最近跟一个寂寞的歌剧演唱家聊天,他扮演《蝴蝶夫人》《图兰朵》已经在圈子里很有名气了,但多数人还是只知道谢霆锋送了双鞋子给王菲,却不知道他最近刚获了大奖。他说他唱那些死去了的故事,一遍一遍地唱,一遍一遍地掉眼泪,唱了二十年了,几乎都是悲剧的爱情,非常悲,非常美。但实际上是,没有多少人会为这些知道结局的悲剧再掉眼泪了。

“从良”记

我的一个多年的女朋友,最近经常挂在嘴边的一句话——“从良了。”她甜蜜蜜的样子给人一种安详的欣慰。这句听起来让人觉得很风尘的话,一定会引人联想她过去的奢靡的生活以及毫无节制的享乐。然而,她是个一本正经的女人,没有任何不良嗜好,更加没有把感情甚至肉体当作时光的诱饵一点一点地挥霍。我理解她所谓的“从良”,是从长期受虐般的感情毒素的浸淫中游回了生活的此岸。她那种因为终于获得真爱而心灵翩然起舞的样子,让我想起一个印象深刻的意象:伟大的画家迭戈在他心爱的女人身上,用画笔将她由于车祸留下的疤痕画成了一个生动的蝴蝶。那只特写的蝴蝶,从爱人的心里翩然飞向了自由的云端。留在女友心灵上的旧日的伤痕,被爱着她的人用真心画成了一朵盛开的无名花,瑰丽而凝结在新的时光深处。

爱上一个应该爱的人，原来是完全可以判断的。

或许，我们无法判断一个人的好和坏，无法判断一个决定的对和错。然而，爱上一个应该爱上的人，其判断的依据是——像蝴蝶一样自由，像蝴蝶一样美丽。当心灵的翅膀无限扩张，充满了无限生机的时候，它的力量也随之无限巨大，最终冲破过去分分秒秒累固起来的时光的堡垒。

时间过去的过程，就像流淌在我们血管里的血液一样，动脉静脉都无声无息。而我们在时间过去的全过程中，只能感受到跟这个世界发生的任何关系的张力，痛苦的张力，快乐的张力，动的张力，静的张力。对过去的时光说再见的时候，人们的心情总是唏嘘的。有对过去的缱绻，更有对未来的忐忑。这中间，隔着一道看不见的篱笆，手伸入其中，顷刻就如一尾鱼滑入时光的未知处，充满了冒险和赌博的快意。因此，得以感知这双手的时刻，便成了诱惑我们生存下去的饵。

那天，春光灿烂，女朋友很明媚地告诉我，他给她买了一把旋椅，摆在她的书房里，她笑眯眯地坐在那上边，左转右旋。她说，他让她看到了时间的另外一面，旋转的时间和充足的世界。“从良”的她，面对未来的每一个角度，都像这把旋椅一样，因为有了爱情的支撑而显得从容，游刃有余。

隐形伴侣

在这样的新年里，总是惹人怀念的。故人、故事，年年月月花相似，岁岁年年人不同。当我翻看着相册里的那些过去的我时，我一直在想，有什么可以为我们证明那些存在呢？仅凭这几张通过光与影定格下来的薄纸吗？这样我就想起了从前的一位历尽磨难的长者，他是在刚过了九十岁生日不久，坐在岁末的冬阳里，溘然而去的，葬礼上的人极少地显出悲哀来，反引以为榜样，说这个岁数，知足了。情形有点像《大腕》里提到的中国人的"comic funeral"（喜剧葬礼）。可是他们都不知道，在经历的那些风风雨雨里，他是用什么作为人生的拐杖的。

他曾经在我的一次探访时，让我坐在他模糊的视线里，告诉我他一直保有着一个秘密，是他已故的老伴都不知道的秘密。他在逃亡的年轻时代，是跟他的一个女学生一起的，他们相爱在乱世，并且在乱世中发誓生死相随。那样的誓言在那样的不确定的年代,等同于一种人生的信念。辗转中他们还是走丢了。一丢就是大半个世纪。他随波逐流于滚滚红尘中,娶妻生子,过上了稳定的生活。从物理上结束了那个誓言的守望。他说,真的,仅仅是在物理上。她一直在他的心里,牵着他的手渡那样烦嚣的江,赶那样蜿蜒的路。他说,当他一个人坐在院子里看花看草看夕阳的时候,装满了她的记忆就是一根拐杖搀扶着他,春夏秋冬。

他说他依然是个好丈夫好父亲,她只是他的隐形伴侣。

人生里,越来越多的飞雁南来北往,痛苦的东西尽量地不留痕迹,幸福的东西试图寻找岁月的镁光灯。可往往,事与愿违。

我忽然在翻看的那些照片中,发现了我读书时代的一个沉默的师姐,开始以为她年龄比我们长,有代沟而寡言。后来听同门说,这个师姐最爱撒谎了,总是跟别人讲她的丈夫如何如何有能力,如何如何浪漫,实际上她的男友在跟她结婚前两个月就出车祸死了。她守望在她记忆里的样子又成为我记忆里的一张醒目的书签,都是感怀而挥之不去的情事。若干年后的今天,关于师姐的种种故事,直接和不直接的,都为我证明着曾经有过的一段生活。

安慰人的人,总是在劝别人"forget it"(忘掉它)。能释怀的,不管物理化学还是春夏秋冬,都可以淡掉;难以释怀的,再多的理性和劝慰,都无法褪色。那么就把最刻骨铭心的做成一根拐杖,慢慢地扶着自己变老,那些都是弥足珍贵而不忍不舍洒落在人生之途的。

还有一种爱情在来路？

我相信我是爱他的。这句话是目前我的女友们特别爱说的。相信自己爱一个人和相信自己将爱一个人，对于爱情本身来说，都是滥用了词汇，就好像电视剧一样会有一个庸俗的结局，或者说是有了一个被期待的张望，他看你，你看他。

情人节的时候，遇上“非典”，这其实对我影响不大，除非病毒会通过屏幕和话筒传播。晚上，我边看喜欢看的电视剧，边听朋友从异地打来的电话，他说如果我一不小心被传染到了，他会立刻飞回来。这是情人节最美丽的情话，非典型肺炎时期的爱情。后来我的一个女朋友，无聊地给我打电话，说她平时晚上可以煲无数个电话粥，到今晚那些男人和女人全都失踪了，剩下我。

我说谈谈天气吧，或者谈谈理想？

电话那边马上传来一阵叹息，说她未来的爱情都不会顺利，不明白为什么快三十的女人了居然长成这个样子。

我在脑子里尽量回忆她的模样。她美,她聪明,她妙语连珠,可是她一直孤单,男人在周围转还是孤单。

她说她是天生欠了人的,欠一个还没出现的人的,因为欠得太重,所以那个人用此生不出现的方式来让她偿还。

女人总是愿意相信一种大痛大美的爱情在来路,于是将自己放逐在近在咫尺的幸福之外。这才是女人典型的爱情。女人自己的爱情。

我跟她开玩笑说,我最近没心没肺居然迷上了吃街边的臭豆腐,危险时期的臭豆腐。我告诉她再这样坚持吃下去没准就会爱上那个卖臭豆腐的了。她叫我放心,这是不可能的事情。为什么不可能?不可能就是不可能,压根就不会去爱一个卖臭豆腐的。她一再地坚持她不相信这个假设。

换句话说,她不相信我和卖臭豆腐的之间会有爱情。那么她会相信我会去爱上谁呢?

相信会爱和爱,根本是两码事。女人往往会混淆这个事实。

就好比读书的时候,我经常因为迷上某样东西会动不动就说,我要嫁个怎样怎样的人。喜欢吃玉米,就宣布以后要嫁个种玉米的;喜欢看小说,就宣布以后要嫁个作家;喜欢买时装,就宣布以后嫁个开时装店的。诸如这样的理想,谁也没当真,玩笑而已。可是同样的道理,换另外一种与真实生活相关的形式出现要女人判断的时候,还是有很多没有填出正确的答案,或者说是不愿意去打钩打叉。

没有相信不相信的爱情,也没有会与不会的爱情,爱情的可信度实际等于零,而爱情的到达度却是无限,所有爱情被说出来都是到达了的。

关键时刻

上班级网的时候，发现大家都在讨论我们的一个同学因为关键时刻临阵脱逃而结不成婚。说着说着，我们就又回到在大学时期曾经热烈讨论过的《东京爱情故事》来，我记得那时候我们将它简称为《东爱》。

因为在《东爱》里有好些个令人扼腕叹息的关键时刻：莉香在街上电话亭给丸治打电话要表明自己的决定，无奈电话却被里美占线了；莉香在商店门口等丸治的约会一直到深夜，丸治却因为里美的临时拦截而没有赴约；莉香在火车站等丸治最终提前几分钟先离开，丸治来到时只看见一张系在栏杆上的写着“再见”的白手帕……

我们为这些导演设计的关键时刻而叹息、诅咒，为什么总是在这些关键时刻不如人意呢？我记得当时还专门有一本书在分析

《东爱》的人物性格以及情节什么的，很经典的一个说法就是，90年代初，日本当时的经济已经很发达，莉香都已经用上了手提电脑，为什么连手机都没有，连BP机都没有？

设想一下，如果在那些关键时刻，都用手机处理，都用BP机留言，那么结局就完全不一样，爱情就完全不是那样了。

现在回想起来，几乎所有的电视剧都有这种关键时刻，都有这种蛮不讲理地听任导演安排的时刻，而这些时刻照样骗得我们落泪、叹息。

现在我们想要找一个人就都很容易能找到了，亲密的和不亲密的，只在乎你想不想找。一切都被安排得那么有序和简便，因此人的命运也被安排得明朗了起来，那些阴差阳错的戏剧性已经很少在我们身上上演了，所以我们渴望在美丽的男女主角身上看到那些受虐般的失之交臂，渴望有一种久违了的悲剧感来填补我们空下来的光阴。就算受骗上当也没有什么怨言，最多在难受一阵后说一句——还不是导演安排的！

那个关键时刻逃婚的女同学，大概是看了罗勃茨的《逃跑新娘》受到的启发。无论她有什么原因，我们还是觉得她很有勇气，一个大龄女青年还干出这么浪漫的事情，实在是可以嘉许的。除此以外，我们一点也不关心她逃婚的真正理由，好像当一出戏来欣赏。

我记得读书时代坐在长途火车上，因为无事可干，就为朋友生动地讲黎明与张曼玉在电影《甜蜜蜜》里的若干个关键时刻失之交臂的情节，尤其讲到在美国黎明骑着自行车送货而张曼玉在很喧器的车水马龙里徒劳地追赶叫喊着他的名字他却一点听不到……同车厢几个不认识的旅客也听得很感动。后来据我的朋友说,他就是在那个时刻,在那节夜行列车的车厢里从此认定我的,这是他的关键时刻。

人生里,还是少不了这些关键时刻的,就算虚假,就算幼稚,就算那一切在我们身上实际是永远不会发生的……

关上冰箱

看一个日本女人在屏幕上,用和服的腰带一点点地将她心爱的情人勒死,然后用刀子将其生殖器切割下来,藏起来。审讯她的法官问她为什么,她说,只有这样,她的情人才能永远属于她,没有人可以跟她分享他。

想起另外一部电影的名字——《爱比死更冷》。当然这是没有任何关系的两部电影,但是结局都是一样的——死亡,因爱情而死亡。

爱情好像都是要在毁灭的那一刻才能得到永恒。

现在大多数人都活得好好的。无论韩国的电影怎样去唯美地诱惑爱情,还是法国电影怎样艺术地探询爱情的本质,甚至是美国的电影怎样把爱情变成一袋便利店的提拉米苏,人们还是活得好好的,既不想永恒也不想毁灭。日出而作,日落而息,工作的时候斤斤计较,休息的时候随随意意,关心天气预报,关心股票起落,关心娱乐头条,关心政治选举。他看到的她,早就是穿着睡衣卷起头发的样子,她看着他早就是一张只更换日期的本地报纸的样子。爱情是雪藏在冰箱里的两盏血燕,因为贵所以藏起来,藏着藏着就忘记了,说起来的时候还能想起:哦,好像自家也有的。

他和她过了七年之痒了,爱情没有相互挪动,不知道因为个性的懒惰还是真正爱着对方。但是天天小吵着,动辄大打出手,每次纠葛后就拟离婚协议,熟得都可以倒背如流,但是最终还是没有离婚,好好地把爱情窝在那张淡绿的旧沙发上。熟悉他们的朋友很不解,真是一对聚头的冤家。后来听说他们决定生个小孩来养养,听起来像弄个宠物来热闹一下的样子。最后是,男孩不满一岁的时候,女人就跳楼死掉了。他带着一个还没断奶的小孩,不知道除了责任以外还有什么是可以维系的。小孩居然是个第三者,一来到人间就夺去了她对他仅剩的一点爱。

他到最后才知道,她爱他比他爱她要多得多,变态一样的多,不容许一点点的流失,可爱情就像掬在手心里的一捧水,总是要在指缝间一点一点地流失,总是这样的,就像生命的流失一样,一天一天地以看不到的形态流失。

关掉屏幕,打开冰箱,里边的灯就亮了,各种安置在里边的东西很安静地待着,取出一瓶牛奶,关上冰箱,里边的灯灭了吗?谁知道!怎么才能知道关上冰箱后里边的灯是亮着还是灭了?

“嘿，劳驾，你知道天堂吗？”

“嗨,你知道天堂吗?”这是一首老老的歌,但是经常不分场合不分时间地蹦出我的脑子。

谁知道天堂呢？活着的人才知道天堂的方向。

在这样的冬季里,我和女友各自靠一张沙发,脚边是火红的电暖炉,没有爆米花,没有鱿鱼丝,静默地看一出旧的法国片《三十七度二》。那是我差点在影碟市场里遗漏掉的一张,香港人把它译成了《巴黎野玫瑰》,三级的名字。可是我认出了她,那张狂野的脸,那个因为希望落空而疯掉的尤物,那个因为疯掉而被心爱的男人用枕头捂死的女人。

她和他喜欢在旷野的黄昏的车里做爱。那样的黄昏,用灵感叙述生活,用身体叙述灵感。

“他多爱她。只有他永远知道她想要些什么。”女友说。就算是他亲自用枕头将发疯的她捂死，他知道她活够了，带着不再失望的爱情往天堂的方向去。

影碟的简介上说，这是情人节赠送恋人的最佳信物。无疑告诉观众这是适合男人和女人一起看的浪漫片。可我觉得这仅仅适合女人和女人在一起看，有的东西是男人没法读懂的。我并没有谴责男人不懂得爱情的意思，只是，有的感觉只有女人自己才明白。就好像女人流浪到他的家，只有一句话："我对男人的期望不仅仅是性。爱情，共同粉刷的木屋，共同驾驶的黄色小车，共同创造的写作灵感，共同遗失的钢琴，过去，将来……"

疯狂是因为理想。

都说这是失去理想的和平年代。饱了，暖了，好了，乱了。可是有一种温度，永远保存，比人体的温度高一点，比爱情的温度低一点，刚好，三十七度二的理想。

一个因为爱他而疯的女人，一个爱上一个疯女人的男人，这是世间无法安置的爱情，于是他把她送给了天堂，因为他还清醒地知道天堂的方向以及她指着天堂方向的手指，这个女人从一开始出现在他平凡的生活里，提一个行李包，是来问路的：

"嘿，劳驾，你知道天堂吗？"

可是，她真的到达了吗？

他握着一支笔，在身边一只白猫的凝视下，译述着她传来的语词。天堂里也有前世今生，天堂里的男人和女人也喜欢在黄昏的旷野的车里做爱。

我和女友直到看完这部长达三个小时的影片，还是不想说话。这样的年月，女人对男人的期望除了性还有什么？

我们一直爱着心里的那个人

美丽的墨西哥女画家弗里达凝视着她的老师——画家迭戈，侧着头，油画一样的衣裙，油画一样的心情，缓缓地咧开了嘴，这是一个漫长的过程，一个理解和毁灭的过程。她终于答应跟这个结过两次婚的艺术家结婚。那张美丽得像向日葵的脸庞，谁都知道，爱情终于结束了，那种近乎疯狂的爱情终于结束了，悲剧就要来临。我不禁诅咒电影《弗里达》导演的吝啬，对他们那段爱情给予的镜头的吝啬，对美的吝啬。

弗里达跟观众一样明白，当她把腰上车祸留下的一道深刻的伤疤揭示给迭戈的时候，画在胸口上的那只展翅的蝴蝶就消失了飞翔的可能性。

“你要永远忠诚于我。”弗里达跟自己挣扎。

“可我会一直忠心。”

电影的翻译者有着跟迭戈一样的通透和坦白。他的忠诚和忠心,她的忠诚和忠心,是四个不同的概念。再心心相通的爱情都不能准确无误地达到一个标准的答案。之后,弗里达和迭戈用了25年婚姻来注释这四个解释。结果是,迭戈跟不同的女模特乱搞后跟弗里达的解释是——这是我的生理医生确诊的,我不能停止。这只是生理的需要,跟心无关,他的心一直在弗里达身上。这就是迭戈忠诚和忠心的区别,弗里达就生活在这区别当中,拿着一支自己的画笔,左一笔线条,右一抹色块,修修复复着,爱情也被修复得膨胀、厚重,直到有一天,生命的那张白纸已经没有修复的位置了。

爱情往往喜欢打着艺术的幌子,错彩镂金;理解总是凭着飞翔的借口,横行霸道;忍耐总是撑起想象的油纸伞,一戳就破。

我喜欢这个坚强、才华横溢的女画家,当然我也喜欢这个女画家用彩笔一笔一笔在心里画出来的画家迭戈,偏执、激情、与众不同的艺术家迭戈。她总是喜欢将他的脸出现在自己的每一幅画里,变形的、讽喻的、疯狂的,他那张肥胖的深刻的脸,在弗里达的笔下,心里,就是雕刻出来的维纳斯的脸。维纳斯也可以是肥胖的男人!事实上根本没有维纳斯。如果我们的想象力能够匮乏一些,我们就再也看不到这些东西了。

所以我总是拒绝别人这样问我——你爱的人是什么样子的?他是个怎样的人?当我要回答这些问题的时候,我知道,我就要动用我的翅膀,动用我的想象力,而那个被我描述出来的那个他,就只有名字是真实的了。谁能够真实地描述出来自己所爱的那个人呢?

一直以来,我们爱着的那个人,是心里的那个人。

一种男人没法相信的爱情

男人没有办法相信另外有一种爱情。而这些爱情,大多缘起于人生遭遇的痛苦和伤害。只要一个电话,就能够一起坐在咖啡厅或者雪糕屋,就着食物,轮流地倾诉,最后要达到了感同身受,才是好。最好还可以泪眼盈盈地相对,展示给对方看的伤口,越深越快乐。如果有一方及早一些解脱了,幸福了,那么这种相爱就告一个段落。

这是女人之间的默契。她可以忍受在半夜里被她吵醒,然后听她午夜的哭诉,听她讲她的那个他怎样变心,怎样过分,怎样粗心,怎样自私,但是她难以容忍她在半夜的时候,在电话那一端还能想象出她眉飞色舞的样子,告诉她她的那个他怎样体贴,怎样有本领,甚至告诉她他有多么的行。

女人和女人之间的痛苦可以分摊,然而幸福却不需要分享。

这与自私无关。

当女人跟自己的男人说到另外一个女人怎样怎样幸福，实在让人看不得，男人会把枕头砸过去，反问一句，你跟我在一起，不幸福吗？男人觉得女人只是想着别人怎么好，仿佛别人好了，自己就不会好，觉得总是拿自己没有的东西跟别人比，然后认为自己的生活一落千丈。可是，男人不知道，当女人和女人说起彼此的心事的时候，诉说和倾听都是一种帮助，安慰和理解，支持和鼓励，彼此所给的那种温暖，是舍不得中断的，也是男人给不到的。

有一阵，她特别折腾。爱上一个不可能的事实，那个他，享受爱而不得的痛苦。每到夜晚，她就想说话，不想睡觉。而他睡在别人的身边。她把电话接驳给了我，把伤口一道一道地展示给我看。我们隔着电话，像盗梦空间一样，盗取一个个寂寞的夜晚里剩下的取暖空间。一直到疲倦地睡着。第二天，我跑去约他，很义气地替她哭诉，好像我就是她在夜晚里那个痛的影子。

某一天，我跑去找她，说，不能要他了，这个人，不能担当你，连痛苦也不值得为他。因为我刚才在街上，看到他跟他的女人和孩子，亲亲密密地购物，那个女人，脸上的光泽令人嫉妒。

我在她的伤口上撒盐。那天她愤怒地把我赶出了房间。

一段时间相互不联络，也不假装邂逅。就像失恋的两个人，心里隐隐地惦记对方。

过了不久，她巴巴地给我打电话，我居然能像昨天才见过她似的平常，仍像往日一样关怀她，叮嘱她少抽烟，按时吃饭。得知她终于独自迈过了失恋的槛，还跑到了南华寺，等早上第一个开光的那道符，把那道符放在钱包里，换下了和他的合影。

喝着咖啡的时候，我对她说："曾经有一段，我很担心你挨不过这个冷清的年，跑去做傻事，所以隔几小时就上你的空间去看，找点蛛丝马迹。"她哈哈狂笑，拍拍我的脸蛋，说，我才不会死，我不希望那个他，死无葬身之地，我要他一直活在我的记忆里。如果这也可以成为好好活着的理由，也不错。

现在，我们一起等老。等老的过程，无非就是隔日通通电话，喝喝茶，吃吃饭。在这个城市里，盗取冬日般的温暖。这是谁也无法替代的温暖。

在这个口口声声"亲爱的"的年代，我和她，却从不这样称呼对方，而我们的亲和爱，各自心里都有一种说不出的感觉，它夹杂在爱情和友谊之间。

恒久绵长

我第一次听到这个词语,是在昨天,昨天过后又听到了一次。不同的时间,不同的人说出来。然后我开始对这个很久不曾使用的词语有了一种因为熟悉而陌生的感觉。昨天说这个词语的,是个男人,他说他想付出的爱情是——恒久绵长的;昨天过后说这个词语的,是个女人,她说她想得到一份爱情是——恒久绵长的。他们两个互相不认识,而我通过他们不约而同的词语里听到了一种邂逅的玄机。

爱情,总是藏着无限的玄机,无论是稍纵即逝的,还是恒久绵长的。我不自觉地找到了这个词语的反义词。我的思维方式是这样的,如果当一个人极其需要一样东西的时候,恰恰是证明他只拥有了与这样东西相悖的东西。这样说或许有些故弄玄虚,可是,就是这样的,尤其爱情,本身就玄玄的。

第一天说这个词语的男人,很多年没有接触爱情,生活苍白,太阳出来了,月亮出来了,他失去了对感情的判断,他只懂得在人生的逻辑里,年轮一样一圈一圈地向上走向下走。当他不得不向别人讨论爱情这个命题的时候,他用了恒久绵长这个很玄的词语来概括。刚开始觉得他忽然文艺青年了起来,真希望天外飘一场雨雪来配合他。可当我再仔细看向他的时候,我开始相信这是他的信仰,这信仰或许迟迟没有来临,或许久久不曾消逝,可是,在匮乏的生活里,他心里的某个角落会在患得患失的等待过程中开出些许战栗的花瓣来。这些花瓣,沿路凋零,可是却没有让这些信念零落。

第二天说这个词语的女人,多年来在爱情的阴影里逐渐失血,同样苍白。她对爱情已经失去了信念,使用这个词语,是一种戏谑,或者说是一种颓败的总结。她吐着烟圈,像蚕一样吞吞吐吐,给自己编织一个硬茧,她说的那种恒久绵长的爱情,仅仅能替她做一件未雨绸缪的冬衣。她说,爱情只有像烟花那样才可以恒久绵长。这我相信,爱情对于人,任何时候都是两伤多于全美。可是,另外,我也相信那种内心战栗的信念,一直是等待爱情最适宜的温床,因为一直等,等不来,于是继续等。

我站在昨天和今天这两个人的两个词语的使用当中,光阴像水一样不容穿过。他永远不会邂逅她,他使用的词语和她使用的词语,也永远不会邂逅。或许所有的恋爱都难以从邂逅开始,所以,在人们尽情使用这些虚玄的语词的时候,永远不会被击落,永远让那些美丽的花瓣凋零。寻觅中,错过中,爱情才最终在人们的信念里恒久绵长。

浪漫不具名

这是我很喜欢的天气，天气里有很多感怀的信息，而感怀的信息是现在媒体极尽能力要营造的，因为现下人们已经很没有空暇去翻阅自己人生里那些过往的感怀了，他们或者会去关注股票信息，关注楼房信息，关注科技信息，关注招聘信息，而感怀是浪费的。那么浪费还要不要？当然要，就好像有了楼就要有车，有了车就要有别墅，有了别墅就要有孤岛……

真正能够感怀或者说能感真正的“怀”的，还有谁？

很多人都喜欢看王家卫的《东邪西毒》，张国荣作为叙述者，有着一副性感的嗓音，说着一些有哲理又感人的话语——“有的东西你得不到，你所能做的就是：记住它”；很多人喜欢看《百年孤独》，喜欢马尔克斯那种惯用的叙述模式——“多年以后……”；甚至前一段时间非常流行的小资读物作家杜拉斯，一开口就是“我已经老了……”；张爱玲那一个苍凉的手势……

业余的时候，我喜欢浪费时间，喜欢浪费可以承受的金钱，在空气里呼吸用时间买来的感怀的气氛，在物质里用金钱买来的浪漫的消费。他们总会说，看你的样子就是很浪漫的。话语里还包括了很浪费、很挥霍的意思。

实际上浪漫很廉价，一本书一张影碟或者一首歌，浪漫就翩翩而至坐到了你的膝盖上，任由你玩弄。

窝在沙发上，夜阑人静，居然看一张老碟，而且是盗版的，叫《巴黎最后的探戈》。

只爱陌生人。马龙·白兰度在巴黎的冷风里，一张被爱情烧伤的脸，跟一个不想知道名字的女人，在一间破旧的出租屋，做爱，用没有意义的叫声称呼对方。到最后，跟女人索要一种署名的爱情，一种具体可见的情欲以外的东西，要不到，死了。一声枪响，真相大白，他和她都知道了对方，名字、身世、财产、情感……

相恋不如偶遇。

马龙·白兰度的浪漫才是奢侈的，用生命来买。

浪漫就是匿名的，无法索引的，来时来，去时去。

冷空气来了，这个城市居然说有一个年轻的女孩，在网上发布自己的猎物，排名座次，时间、地点、人物，具体细节，夜夜不同，想要整个南方跟她一起名声大噪。我见过她，但是再碰到会认不出。浪费时间和生命去体验时间和生命，也许女孩觉得生命本身就是用来浪费的。但浪费却不浪漫就是真正的浪费，赚一点感怀也许她就可以买下整座心灵的孤岛,自己成为孤岛上的东邪而备受敬重。

用完全没有任何意义的叫声称呼对方,这是游戏的前提,也是浪漫的本质。

爱情主谓宾

两个人吵架。男的说，爱情有时候会成为一个男人的负担，女的说，原来从不知道我是你的负担。男的解释说，我并不是说你是我的负担，是爱情，女的负气说，有什么区别？于是不欢而散。

男人觉得女人偷换了主语，爱情和女人不是一回事，因为爱情是男人和女人的感觉，不是指女人。

女人觉得男人绕着弯嫌弃自己，说爱情是负担就是说自己是负担，因为爱情就是女人。

后来这两个人虽然好了，但很容易一触即发，女人很容易就想到关于“负担”的这次不快，男人也很容易将女人的每一次发作跟那次不快联系起来。

最后，男人和女人分开了。分开的原因是男人能够将爱情和女人分开并将它们分别作主语，女人却不能够。

听妈妈讲过去身边的爱情故事。那个时候还没有今天这么多科学地用来阐释爱情感觉的词语，当然也难以分清关于爱情和负担的主语谓语宾语之间的种种微妙关系。有一个跟妈妈同在文工团的女朋友，爱上了一个很有才气的大学生。女朋友漂亮、活泼，却没有太多的内涵，属于头脑简单的那种，大学生深沉、智慧，属于那种内向的书生。但是他们最后都没有能“志同道合”地走到一起。当然他们曾经是相爱的，女朋友爱他的才华和沉默，大学生爱她的美貌和外向，用今天的话来说，两个人属于“互补”型。妈妈说当年她在他们中间，刚开始充当一个“红娘”的角色，去哪里玩都是“三人行”，就是今天人们常说的“电灯泡”，妈妈帮他们传递信息，帮女朋友写简单的情信，后来他们正式交往以后，妈妈就只会偶尔帮他们劝劝“吵架”。妈妈见证了他们由爱到分开的全过程。妈妈说，虽然他们都说不出分开的原因，但他们在一起很累，女朋友对大学生管得太多，大学生喜欢自己有自己的生活。分手是大学生提出来的，没有什么很明确的借口，只是说要调到别的城市了。就是因为这样，女朋友一直还在生大学生的气，直到今天经常带着孙儿到我家串门，还会提到这个大学生，虽然自从他离开她，离开这个城市后就再也没有消息，被沉到了岁月的河床了，但是她还是会经常念叨着这个人，说他不负责任，喜新厌旧。

妈妈说，实际上这个男的并不是因为有了别人而离开女朋友的，只是至今女朋友还找不出他离开自己的原因，所以就找了一个最大众化的原因。

爱情的话题千百年来都不会缺席，在通俗的、高雅的演绎中，有千千万万种说法,随着词语的派生和运用,爱情的主谓宾定状补也越来越多,便越来越需要分清楚之间的微妙关系的能力。妈妈说,过去说男人和女人的关系,有爱情的统统称为男女关系,没有爱情的统统就是同志关系,哪里有现在那么多说法?那么,男人和女人越来越需要花能力去分清爱情的主谓宾间的关系,那些爱的能力会不会越来越被分薄掉了呢?

爱的就是那场白日梦

聊天的时候，忽然有人递出一句话，爱情都不知道藏在哪里了。这个成年人的聚会里，居然有人冒出这种幼稚或者说矫情的话。结果是扑哧一笑，归于寂静。无语。爱情可不就是一场白日梦，睁着眼睛找会找得着的？

《坎伯特雷寓言》里有一则故事，说的是一个老头，岁数大了，忽然有一天觉得自己要及时行乐了，于是找了一个年轻貌美的女人，女人迫于淫威，一边服从，一边算计着如何跟自己心爱的人偷情。当老头因为纵欲过度，双目失明，女人便放心地在树上跟情人偷情，可是就在这时，神给予了老头一个特殊的本领，只要女人一偷情，他的眼睛就亮一下，于是，他看到了树上偷情的女人。这样一来，女人永远没有机会了。从此，女人只能永远跟爱情捉迷藏。

或许用偷情来比喻爱情，很不贴切，但是，扪心自问一下，爱情可不就一场梦？醒了睁开眼了，找不着了，或者说，眼前一亮，就不见了，只有闭着眼睛的时候，爱情才来临。所以，看见爱情的眼睛里，永远都是才来过，不见了。

这种效果，有些像那个庸俗的加缪寓言——西绪弗斯，没错，就是那个不断推石头上山的老笨蛋。有一阵特别流行用这个说法，去说明人生的虚妄以及存在的无奈。俗是俗了些，但是道理一样，那些总是睁大了探照灯一般的眼睛去努力寻找爱情的人，也是老笨蛋。

那么那些真正找到了爱情的人呢？都是闭着眼睛找到的吗？当然不是，他们只是像那则寓言里的那个老头一样，眼睛时而睁开，时而紧闭。这样，他们就会在看见和看不见之间，感觉爱情若即若离，造成了爱情的效果。

爱情不是一个可以看得见抓得着的人，不是一张能实实在在地承载任何躺上去的重量的床，当然也不是什么只有一个人才能穿合适的水晶鞋之类的。如果硬是要让爱情现身在人的眼睛里的话，我想爱情应该是一个钟，一刻一刻地转动着，尽管一圈一圈地重蹈覆辙，但是此一刻跟下一刻，绝对不同；或者说爱情就是一根烟，一口接一口，口口浓淡不一，随后烟消云散。如果硬是要让爱情用一种境况呈现的话，我想爱情就是你在一列梦游穿行的地铁里，到站了，你坐上一个空留给你的位置，位置上有余温，你压根不知道那坐在你的屁股位置上刚刚下去的人，就是你期待出现的爱情。

我不是王家卫的影迷，他营造的那些关于爱情的怀旧、错过、爱而不得、得所不爱诸如此类的气氛，是给那些尚且对爱情还抱着幻想的人们看的。我只欣赏他在《重庆森林》说暗恋梁朝伟的王菲，是在“梦游”。人们都说，“梦游”的时候，人是最大胆的，也最无所不能的，恨不得有超能力。所以，在爱情的梦游里，男女主人公奇思妙想，想入非非，浮闭着眼睛双双起舞，也优雅地将自己当成王子对方就是公主……

皮肤上的爱情

爱上某一个人,要海誓山盟,也就是说用语言——无论是口头语言还是身体语言的表达,在这个时代都显得十分简单,想说就说,想做就做;要刻骨铭心——或许铭记在心容易,但刻在骨上却难,爱情穿过皮穿过肉才能刻到骨上,显然现代技术很难达到。为了挑战这种爱情的“难度”,或者说是爱情的“深度”,不少少男少女喜欢将爱情文在皮肤上,一朵鲜红的玫瑰花、一个爱人的昵称、一颗等待相印的心……好像这样,爱情就成了身体的一部分,跟自己朝夕相处,如影随形。

近日,报纸上报道医院整形美容科一年接诊好几十例洗文身患者,其中以恋爱失败者居多。一名二十出头的女孩四次到医院洗文身,三次是因为恋爱失败,据说她每换一个男友就换一次文身图案,并且每次到医院都向医生埋怨说:“那个负心的家伙又不跟我玩了。”我相信失恋可以使人深受心灵的打击，但没想过失恋还真会使人“遍体鳞伤”。

将皮肤作为爱情的信物，这听起来似乎真的很伟大。皮肤的真实度当然远远超过了钻石、戒指、玉佩等等这些身外之物，可是，如果爱情在皮肤上也可以一而再再而三地刻上又洗掉、洗掉又刻上，那么，这皮肤信物跟那些身外之物又有什么区别呢？

文身在中国，起码可以上溯 3500 年，被用在刑法上，称为“黥”，又称“墨刑”。这种“刑法”流传到今天，已经成了一种时尚文化，或者说是行为艺术。这样遭受着爱情这一“刑法”的皮肤，不断地给爱情记下“罪名”又洗脱“罪名”。可是，那些以文身的方式表达爱情的深度，又以洗脱文身的方式去忘记爱情的恋人们，似乎已经不知道：爱只能从人的心里出发，也只能从人的心里消失。

而文在身上的爱情，说到底，也只是人身体最浅表的部分——皮肤。

专业的医生一致强调，不管是文身或是洗文身，都会伤害到皮肤，破坏皮肤的局部组织。如果爱情非要从皮肤开始又非要从皮肤消失的话，那么谁还敢爱上爱情呢？

如果非要在自己的身体上标记某个信物，用皮肤时刻提醒自己还在爱着某一个人，何不将街上一度流行的贴在皮肤上的小图案，每天贴在固定的位置，这样，既能做到“吾日三省吾身”的爱情，又能在失恋的时候毫无痛苦地将爱情掀掉。本来嘛，皮肤上的爱情就是玩玩罢了，何必白受皮肉之苦呢？

香水远涉

香水总是与某些记忆的断章相关联。

它是危险的，记忆始于它，一切都变得刻骨铭心，即便它看不见摸不着，稍纵即逝。童年时邻家的姐姐抽屉里有许多不同形状的香水瓶，因为她有一个香港的男友，每次来看她都给她带香水。那个年月，内地只有大量的花露水，是它们让我对成长充满了渴望，想望着那个神秘的香水年龄。

最初的一瓶淡蓝色的“海洋”，透明而简单，却实实在在地装载了我的整个初恋，粉蓝的气息有着新鲜的甜美，更有着淡淡的神秘，像爱情一样荡漾和深邃。

装着香奈尔 19 号的是一个缩小了的普通酒瓶，有着细长的瓶颈以及一个流线型很光滑的瓶身，是让人联想到一个倚在香奈尔街 19 号的寂寞怀旧的女人侧身罢，它的味道也是淡淡而陈旧的，若有若无的飘忽如记忆一般。是在一个等待的日子里把它买回来的。香水小姐微笑着问我要“香奈尔 19 号”还是“香奈尔 5 号”,前者淡如入无香之境,后者却浓香鲜艳。犹豫了好半天,最终还是选择了 19 号,我开始害怕那种刻骨铭心的记忆之香。在等待结局的日子里,“香奈尔 19 号”,就是时光回廊上的门牌,是我和他约定的一个客栈。我倚在淡黄色的香气里,如瓶一样呆呆伫立、凝望。

当我怀念的时候,我会打开一瓶“致命的吸引”,它透明地流进了我的每一寸肌肤,啃噬着我看不见的伤口。它有一股浓甜的味道,它让我闻着闻着就微笑地淌下了泪。再致命的吸引,也不过于追忆的吸引了,它迷惑我,虐待我,吸吮我青春的芬芳。

把玩这些往事一般的香水时,我忽然发现这世上没有味道都完全相同的香水,就好像 Dior 广告里的那个女人,蹚过金黄的香水河,那样义无反顾,像是知道无法两次踏进同一条河流一样,在芳香的引诱下,做一次优美的远涉。美丽的东西总是稍纵即逝,就像香水的味道一样。

某一天独自来到商城,寻买香水。小姐向我推荐一种触目惊心的“毒药”,是一种特别甜特别甜的味道。这让我忽然想起妈妈在那些贫穷的年代带着我上山找蘑菇的时候,总是一再地叮嘱:“样子特别漂亮,颜色特别五彩鲜艳的菌,大都有毒的。”特别浓甜的香水也是有毒的,正如特别灿烂特别鲜亮的记忆一样,也是有毒的。

愿意同意

闲聊的时候,才知道原来在日益上升的离婚率里,大部分是女人先提出的,无论离婚的原因是什么。

男人经过几番起死回生的挣扎以后,法庭上女人提出来先说“我同意”,男人接着说“我同意”。

电视里看到的结婚仪式,男人先回答“我愿意”,女人接着再回答“我愿意”。

愿意的过程是:经过自己在内心的再三思忖然后达到心甘情愿;同意的过程是:经过外力再三劝说后最终逐渐妥协。这也是从结婚走向离婚的过程。

我的一个男性朋友,已届中年了,眼看结交的女友一个比一个少一个比一个次,还是一听到对方说“我们什么时候结婚”时,立马就拔慧剑斩情丝。可见,结婚恐惧症在男人那里比女人还深得多。

等到位置可以倒过来的时候,是在离婚的拉锯战中。现在的女人仿佛是一夜间获得的勇气,发现问题了,无论是丈夫的错还是自己的错,便懂得不再勉强,不勉强别人也不勉强自己。男人发现了这种革命性的颠覆,也患上了离婚恐惧症。有人说男人是最喜欢与传统对抗的,但是,当结婚这种传统项目把他的生活料理成一种习惯以后,男人又是最容易向习惯低头的。懒得离婚,说的是男人。中国的女人,一向有吃苦耐劳的美誉,在婚姻上委曲求全的女人,是因为从前不自信不够胆,才不是因为怕折腾呢。

一个女友,因为爱上了别的男人而逐渐感到了自己丈夫的不合适,在内疚忏悔和新生活的诱惑之间,她屈从了后者,用三年的时间劝说丈夫说“我同意”;另外一个女友,因为实在不能长久忍受与丈夫的貌合神离,痛苦了十年之久,想尽一切办法补救也无法填平二人之间的差距,还是努力让他说出“我同意”。

无论是受了什么样的蛊惑,总之是过不下去了。还有什么好说的?现在,前一个女友的不安是因为自己负了心伤害了别人,后一个女友不安的是因为年龄的问题而找不到新伴。但是,归根到底生活已经是新的了。新就意味着充满着希望和机会。

我们从小接受的概念,爱情就是天长地久,执子之手,与子偕老。所以认为离婚是残缺和不幸的,是枪毙爱情的一种形式,因而不敢目睹不忍决裂。如果事情不是那样的呢?如果从小大人就告诉我们,爱情是一种感觉,它是男女之间产生的激动、欣喜、快乐的感觉,就跟吃到一块你很喜欢的味道的糖果一样,就跟闻到一股你最心旷神怡的味道一样。那么,也许,一切就变得不一样了。现在,很大一部分人开始硬生生地要去接受这种概念了。当然,颠覆一种概念,女人会觉忐忑,男人会嫌麻烦,都是要付出代价的,尤其是我们这些从前老爱把天长地久挂在嘴边的既已接受者。

爱的官能

爱情其实是一个器官,跟眼睛鼻子肠胃心肺私处一样,天生就有,发育的时候发育,更年的时候更年,死亡的时候死亡。只是这个器官长在肉眼不可察看不可听诊的地方,所以它的失调或者它的病变是无法预防无法根治的。

也跟所有人体的器官需要新陈代谢的循环运作一样,爱情也必须经常使用,用爱情来爱一个异性,用爱情来疼一个小孩,用爱情来行一次骗,用爱情来驯服一场婚姻,用爱情来报复一个冤家……

用用爱情,练习练习,增强免疫力,抵抗衰老。

窦文涛在深夜十二点半时对着镜头说,爱情这种功能如果不经常使用,身体大概会出毛病,他宁可在爱情复杂的痛苦烦恼中折腾,也不希望自己被简单的工作烦恼而困绕。“爱上爱情”现在是一个很流行的词,就像珍爱自己的脸面,珍惜自己的肌肤,珍藏自己的腹腔器官一样,爱情等同于身体里说得出名字的那些部分。

电视里出现提醒“夜深,请将音量关小以免影响别人休息”的警告。我没有遵照。这样的夜晚,也许真的有无数对老夫老妻无数对新婚燕尔正在休息,也有无数对同床异梦无数个孤枕难眠的沉重肉身,但是我相信,更多的是因为繁忙工作后一片空白倒在枕上不省人事,利用睡眠恢复各种器官体能的人,当然不包括爱情这样的器官,因为——爱情这种器官的保养只有一种方法,不是休眠,而是折腾。

大概都知道爱功能障碍比任何功能的障碍都难治愈,所以基本上男人比较喜欢割除这样的器官,然而女人是不同的,女人天生更会珍惜自己身体的每一个部分,像保湿皮肤一样保湿爱情,像保持体形一样保持爱情。万般无奈的时候,才不得不割除这种器官,但是割除的下场并不是像割除一段盲肠割除一边肾脏一样,还要捡回来自己在岁月的灯下缝缝补补,破碎到实在已经认不出了还是要将就着偶尔拿来一用。女人可以割除子宫割除乳房,要割除女人的爱情很难,就像壁虎的尾巴,断了还能再生。

我记得许戈辉采访过天后梅艳芳,其中说到爱情,她说自己好多年好多年不去碰爱情这样东西了,曾经伤过就躲得远远的,爱情,不要搞。她很早地割除了爱情这个器官,也很早地离开这个于她没有爱情意义的世界,她去世的时候是四十岁,正好一枝花,致死的原因是只有女人才有的器官的病。不少人感叹,这个红透了的歌星,到死,依然孑然一身。可我相信,她不会有大憾,除了留恋自己的生命，不再留恋一个人，不再留恋一场烟花，不再留恋一段痛苦。

爱的官能就是痛苦的官能甜蜜的官能，如果人哪一天不知道痛苦不知道甜蜜了，你要相信，这个器官一定出问题了，或者炎症或者萎缩或者长瘤了，因为事实上这个世界还没有一种手术能成功地割除或者捐赠这个器官，你只有好好跟它苟且。

因为所以

所有的爱情都是一种放逐。因为爱情而被放逐,因为被放逐而存留着爱情。这是一个痛苦的循环,就好像任何一种阐释一样,以悬置在人生的高阁而告终,爱情也以悬置在记忆的门户而告终。

“因为爱你,所以离开你。”曾经有一个理科生就这句歌词问我为什么。实在回答不出来,那种相亲相爱的喜剧结局,在这个仅仅听说爱情曾经来过的年代里,是最想看到的。就好像大多数日剧和韩剧一样安慰着人们的理想,塑造着人们对爱情的信念。实际上把“因为……所以……”这样的语法用在爱情的形容上,是一种心灵的误读,可又说误读是时下最受欢迎的一种具有生长性的对话。我也只好同意这样的“因为所以”。

王菲说“我愿意为你,被放逐天际”,张信哲说“我为你翻山越岭”,刘德华说“离开你,寻找你”,黎明说“走遍天涯海角,找到身边爱情”……这些大众爱听的情歌，不断在强化这样的“因为所以”。实际上那些天际，那些山岭，那些海角天涯，全是物理上的距离，等同于身边，也就不存在任何“因为所以”了。几句好听的歌词而已。

张爱玲表达的“爱”的概念，是那个月夜桃树下与穿月白衬衣的男子的初遇，经历无数风雨变迁，老了以后记起的那个夜晚的那句话——“哦，你也在这里吗？”爱情仅仅停留在了那个瞬间的那句话。那些尽管情愿还是不情愿的此去经年，变做了维系爱情的臆想。当这些臆想再继续下去的时候，成熟的人就看到了它的破绽。就好像年少的时候我们认同和感动罗切斯特在花园里等到了流浪回来的简·爱，而到今天我们仅仅像看一出无厘头的喜剧一样无聊。

奈保尔走遍了亚非拉，但令他始终回忆起的感情，仅仅是在那个遥远而陌生了的殖民地特立尼达的西班牙港，尽管有他会忏悔一生的狎妓生涯，尽管他再也不愿意回想那里的人和事，可是他一点也不否认那里的感情。他的诺贝尔停留在过去的殖民生活里了，停留在流浪后的一次没有接续的臆想。

真如歌中所唱：爱情两个字好辛苦。那是因为在繁忙的生活里，制造那样唯美的需要时空配合的爱情，基本没有可能。大多数只好把爱情留在盖被子吃零食看着的书里，听着的歌里，播着的连续剧里。

可是，吸烟的人不断被忠告“吸烟危害健康”，喝酒的人不断被警告“喝酒伤身误事”，恋爱的人不断被劝慰“两伤多于全美”。一个硬币的两面，谁能像戒烟戒酒一样戒掉爱情？

如寄

白云寄存在天空中

雨水寄存在海洋里

羚羊寄存在草地上

我寄存在你心里

你寄存在世上

人的谜语

希腊神话中的斯芬克司,她每天坐在底比斯城的悬崖上,得意地向过路人出一个谜语,如果谁猜错了,她就把谁吃掉。俄狄浦斯一下子就猜出了谜底,斯芬克司羞愧地跳崖而死。

在我居住的小区的一个小门卫,他是从四川来打工的,二十刚出头,穿上威严的制服也不减稚嫩。每次看见我在庭院里,总是“姐”前“姐”后地很亲切。我如果有时间也会停下来,听他讲讲工作,讲讲他的家乡。记得有一个中秋夜我在院子的花园里漫步赏月,他正值班,我们聊了起来,聊到他的家,他的父母兄弟,我听出这个小男生在哽咽,于是想着缓和气氛,向他出了这个自以为众所周知的斯芬克司的谜语:“什么动物早晨用四条腿走路,中午用两条腿走路,晚上用三条腿走路。”可是他想了老半天都想不出,我只好告诉他是“人”。我满以为他会因猜不出而感到尴尬,可他一点也没有，只说他读书只读到初中，脑子不好使，又贪玩。他还很高兴地刻意记下这个谜语要去考他的老乡门卫。

那一夜之后，他对我更热情起来，尤其知道我是个大学生，更加崇拜地为我做这做那。为我把新买的彩电搬上楼，还积极地帮我安好闭路电线。有一天晚上，他还兴冲冲地扛了近十斤的家乡捎来的熏肉和一些核桃到我宿舍来。其实我们也没有什么共同语言，来来去去说的就是他在广州的工作，他的童年、家乡。后来妈妈告诫我一个单身女孩不要和一些不明来历的陌生人交往太多，还列举了许多诸如民工劫财劫色的案例。

我开始疏远他，进进出出匆匆打个招呼或者干脆装作不见。他察觉了我的变化后，见了我倒主动显出尴尬来，猜不出谜他不尴尬，对我的转变他倒觉得尴尬了。过了不久，看到他被“贬”为这个社区的清洁工，脱下制服，总穿一身深蓝衣服，帽子压得低低地扫地。又过了不久的一个清晨，见他端着一碗稀饭一个馒头，坐在小花园里发呆，看到上班的我就迎出来，告诉我他今夜就回老家了，也许不会再回来了，特意等我告诉我一声。看着他的背影消失在晨翳里，想想这一生也许再也见不着他了，又想想见和不见又有什么区别？在他的心里，我给予的伤害，也许早使他那个简单的思想世界里充满了疑问，于他而言，我的改变比那道斯芬克司的谜更难解，也许曾经想解过，却解出了一片伤心。

我想起七十岁的外公给我出过一道谜：“麻屋子，红帐子，里面住俩白胖子。”我猜不出，后来外公童真地哈哈一笑，说是花生。我真希望，倘若，倘若有一天再让我与那个小门卫相见的时候，也可以童真地哈哈一笑，把出谜与解谜的“恩仇”一笑泯之。

生命交给谁？

很晚了，拿着遥控器到处扫描，除了清谈还是清谈，访问和被访问者面对面坐着，天上地下，当然最多的还是那些专家坐诊的清谈，听着那些带着各样口音的来电，急切地细述着自己的病况，毫无介防可言。在那些午夜静谧的时刻里，听着各种各样的病症，对于生命的关注便会不由自主地夸张了起来。是啊，这些都有可能发生在自己的身上啊，这具此刻以一种松懈的姿态躺在床上的躯体，是那样地脆弱和不安了起来。我的午夜的心灵仿佛感冒了一般地震颤着。在这个偌大的世界里，你不早也不迟地参与了此刻的存在，感受了此刻的幸福生活，现代化帮你抓住了越来越多的可能性，你享受着、便利着，同时又让越来越多的可能性袭击着你，比如艾滋病，比如疯牛病，比如精神病，它们醒目地流传着，就像一张报纸的头条一样被你提到了日程的注意事项。

把生命交给谁?

儿时的一个女友,到了谈婚论嫁的年龄了,硬是没有嫁掉,虽然自己也觉得"二六七,慌失失",但她一直在等候一个可以把生命交给他的人。她也曾相过多次亲,高矮胖瘦,各有特色,但有一点却是共同的,那就是职业——同样都是医生。她此生立志非医生不嫁。这样,我才理解了她的等待,而并不是普通的在结婚仪式上那句话——我愿意,而是,我放心,我安乐。她说嫁个医生,多踏实啊。仿佛嫁了个医生就跟包了整幢医院似的。当然医生一直以来是整个社会的热门职业之一。我们经常听到一些人说自己搬家了,地方不错,楼下是菜市,对面是医院。

后来,听说那个女友终于如愿地嫁给了一个医生,每周有三个晚上要上夜班,她一个人在家,遥控器自上而下自下而上地翻了个遍,我想她也经常看到那些坐诊的清谈节目吧,当然这些节目已经不会引起她太大的感触,至少她自己认为自己生活在医生的身边,把生命交给了他,是安全的。

再后来,就听到她的那个医生,用他祖父留给他的十万美元,一次性全借贷给一个公司集资,说是每月百分之五的提成,半年不到,公司倒闭了,负责人卷款而逃,那十万美元也打了水漂。医生回家被家人骂被老婆骂,一时转不过弯,某个值班的夜晚,从医院的顶楼跳下来,白色的曾经令他老婆自豪令他老婆安全的大褂,飘在夜色里,如单薄的一张纸,那样的无依无靠。我的那个曾经全身心地把生命交给他的女友,怎么也没想到他的生命本身是那样脆弱。

谁还来为她把脉？

终于翻到一个频道，是一男一女在对话，女的一双聪慧清亮的眼睛给我留下深刻的印象，她谈到她在上海的里弄生活，是那样的朴素和健康，阳台上挂着盛菜的吊篮，墙角搁着的几根大葱白菜，在院子闲聊的邻里，借点油借点盐借点芝麻酱，无一不在点缀着生活的欲望，有，却不奢华。她说生命应该交给这样的状态，无论空想的还是实际的繁华都终将如一梦，就好像那个叫王琦瑶的女人，经历了四十年从繁华到平凡的追求，最终还是“此恨绵绵无绝期”。那个叫王琦瑶的女人，是一部小说《长恨歌》的主人公，这个在深夜的荧屏上那样大彻大悟地清谈着的女人，是作家王安忆。

节制的幸福

女友生病了,近日开始实行中医博士建议的"禁食疗法",所以,一周之内,除了喝中药之外,充其量只能喝点果汁、米汤之类的,什么都不允许吃。刚开始,我们都担心这位一贯以好美食自居的年轻女友会把持不住,在她禁食的一周内,不断地打电话给力加油。但是,也不敢跟她联系过密,怕勾起她对俗世的欲念,尤其是,对美食的欲念。要知道,我们这些朋友,平时聚在一起,并不重视话题,首先想的就是——找个好吃的地方。嘴巴固然是用来说话的,但必须先是用来吃好东西的。

隔天,我们会轮番电话她,见她没事人似的,就开始用嘴巴"炒菜"给她吃,以挑逗她的意志。谁知道,她也没有任何反应,一律以铁一般的意志来抵抗,将我们都列为"俗人"。

俗人都有着什么?有滚滚的红尘。红尘里都有着什么?有一切欲望将要抵达的地方。而俗人最大的俗，莫过于贪恋红尘。岁月和肉身纠结一辈子。多半处于混沌中，偶有清醒的时候，就如女友一般，处于被迫或自觉的节制中、饥饿中。

女友于禁食过程中，竟然还发现了一条发财的道路，兴高采烈地对我们说，要是能筹集资金，包一个风光独好的庄园，弄一个“禁食庄园”，以便那些终日肠肥肚满的有钱人，给自己放个假，饿上几天，按中医说法那叫“排毒”，这样，解禁之后，必然减重减压，神清气爽。后来，她的点子被我们加以发挥，有的说，庄园里娱乐不能少，不然会闷死；有的说，要结伴组团，不然有钱人意志力薄弱，掉头就走人；有的说，要做成“天上人间”版的，美女伺候着，饿得没力气，也不怕真的沦为“天上人间”……在我们很不正经地调笑的时候，女友很是严肃地蔑视我们——一群俗货！那副清高的样子，顿时让我们觉得她魔怔了。她真的一周都没碰食物，除了医生每天配给的果汁和中药。我怕她要成仙了，离开我们这些俗人而去。

终于等到女友解禁的那一天，她拒绝我们跟她分享那幸福的一刻，决定独自熬下一锅瑶柱海鲜粥（因为医生说，解禁要有个过程，从软到硬，不然会搞坏胃）。那天，我看到她在博客上写下一句：“当第一口粥进入嘴巴里的时候，幸福得眼泪差点掉了下来。”这种生理反应，让她惊奇得要命，不过是一口粥啊……她终于体会到，做一个俗人，是多么的幸福啊！这一口粥，终于让她意志力崩溃。

节制等于幸福。或者说，节制的身体更容易找到幸福的栖所。记得小时候，偶尔挑食厌食，妈妈就恐吓我：“饿你三天，看你吃不吃!”一贯如此,饥饿对于肉身是一种惩戒。这种惩戒,结局往往是美好的,而面对这个盛大的物欲时代,饿上三天,往往可以更好更准地找到幸福,就算其结局很可能是——贪生怕死,贪恋红尘,那也比藐视生命、厌对生命强啊。

生活如数

小时候班上常常因为数学不及格要留堂重做的有两个女生，一个是我，另外一个女生现在在一个茶楼里推烧卖车卖烧卖，经常数不清那些蒸笼而要自己贴钱，创纪录的据说是一天她自己亏了25 笼烧卖的钱，她苦笑说自己一天真能吃上 25 笼烧卖？不吃也得吃，这是个“数字化生存”的世界。

4 岁的外甥女开始从一数数了，手指脚趾并用，大人一有机会便要她数，数筷子、数水果、数人头……只要她愿意，每时每刻都可以数出些东西来。数学系的男生喜欢比赛背圆周率 3.1415……认识一个男孩，一口气可以背出 100 位，一脸的征服自豪的样子。据说他就是这样俘虏了一个优秀女孩的心的，果然是数字的魔力啊。数字的排列顺序可以成一条坚不可摧的直线，不容许出错地理智地各在其位，不重复不插队不缺席，总是让人想到一根遥远的海岸线,只在你视线所及的最远那端。

生活大概也是这样的一条海岸线吧,由一个个无法重复的数字延续排列而成。古人计算时间,用沙漏,沙是可以循环着用的,但他们老早就知道时间是不可以循环着用的,“明日复明日,明日何其多……”一个朋友,为着补充维生素的需要,每天规定自己吃一个水果,因此,每个星期天都会买上 7 个水果,或是苹果或是雪梨或是橘子,每天数着吃,这仿佛有点数日子的味道,可她是最清楚日子一天一天过的速度的,在每个苹果的缝隙光阴溜走的瞬间,她都感受得那样真切。数字让每个人都紧张着。

有一段时间,因为生病,每天必坐在医院门诊输液,满满的一大瓶,漫漫的 4 个小时的流程。我喜欢选择正午的时候,在一个固定的角落,膝上一本书,连接血液的透明的管道,一秒秒的过程慢镜头似的清晰地演绎着,颇有些王家卫的感觉。计算一下,一秒一滴,整瓶液体装着 14400 秒匀速地进入到我的生命了,带着冰冷的温度,稀释着我的耐心。当太阳一点一点地从我的头脸,洇过我的身体而铺到了隔壁一张空椅子上后,我完成了 14400 秒的过渡。很多时候,我听到的是滴落我血脉中的无比沉重的声音。

从某个角度看,正数数字,还让人心安理得一些,从古至今无人可违逆,有宿命的安慰;而倒数的张力,却是无法比拟的。英文中有一个词,现代人比较害怕听到——“Deadline”,好听一些,译为截止期,难听一些,译为死期。Deadline 一到,机会就不在了,竞争的社会里,最怕的就是没机会,所以在 Deadline 尽可退的时间里,铆足了劲发挥自己的能量去争取。比如长竖于天安门广场的倒计时牌,电视里的某某日子的倒计时报告,千禧夜的疯狂的倒计呼声……干脆的一瞬间,让人充满了激动和亢奋。

从小害怕数字的我,总是经常为一些数字而无所适从。就像在聊天室里,只是一串经常连自己都记不清楚的数字代替了我,坐在电脑前,谁都不认识我,但只要输入一连串密码数字,所有的门都为我敞开了。我每天都要坐上的一辆公交车号,是我们在 ICQ 上常用的术语——886(拜拜喽的谐音),每次因为我的磨蹭而看到的,只是绝尘而去的它留下醒目的 886 三个数字,仿佛在嘲讽我的赶不上趟似的,这让我经常有错过的烦恼。

离线消息

电脑的右下角，是一个隐秘而又亲切的门槛。一个又一个好友上线、下线的消息，不时地从QQ的窗口升起落下，仿佛代替了自家的门。好朋友现在已经不喜欢吃饭来往了，喜欢在QQ上串门，敲一敲，升起，便坐在我家的椅子上，谈谈天气，谈谈感情，发发牢骚；要走了，拍拍屁股，降落，于是连人带语消失得一干二净。

我的爸爸好像总是担心我一人在外，寂寞冷清，时常电话问我在干些什么，我多半回答：在聊天啊。于是，电话的那一边，爸爸会想象我家里便是高朋满座，其乐融融，就跟过去他单身汉时一般，在宿舍里煮一壶茶就聊上一个晚上，或者偶有条件了，到馆子里撮一顿拮据的晚饭，直吃到饭店打烊。是的，爸爸过去是个热血的文学青年，喜欢用仅有的菜金呼朋唤友，在饭馆里一直聊到打烊还余兴不了。

如果将饭馆的打烊等同于现在的下线，那么，QQ 就是一桌酒席，朋友上线了，打个招呼坐进去，吃一顿语言的盛宴。吃饱了，或者中途有事了，就给你一个“离线消息”，走了，也不用人送。

很多时候我享受这种简单的交往，足不出户，就可以跟朋友约会，可以成本很低地消磨一场语言的盛宴。

前几天，跟几个诗人聚会，诗人现在都不富裕，可是只要一召集，总能找到一个廉价的饭馆欢快地吃。他们喜欢约人的时候说——来吃酒啊！酒的确是吃的，按照他们的吃法，菜少酒多，直吃到设施廉价的饭馆空气也稀薄了，呼吸也困难了。这顿酒吃了很久，散的时候，一群人步行穿过地下隧道，一个人开始大声地念：“我把我的爱情写在空中，它被风带走了；我把我的祝福写在沙滩上，它被大海带走了；我把我的诗歌写在墙上，我被警察带走了……”他刚开了一个头，诗人们就跟着都念了起来。他们指着隧道的那面很脏的墙壁，说，当年就是在这里。于是我就想起了那个在墙上写诗的诗人，我已经很久没有他的消息了，我记得那时候他告诉我，对这个城市他有很多话要说。

我们静默地穿过城市的隧道，然后就分道扬镳了，直到大家都离开了彼此的视线。不知道为什么，这样的“离线”让我感到心里很温暖。这种温暖，仿佛电脑右下角的“上线消息”，升上了我的心头。

回家的晚上，我久久地在屏幕前发呆，看着我的那些朋友上来又下去，我没有吭声。一个朋友给我留言，让我有时间上博客网看看她更新的日记。现在很多人喜欢在博客上写日记，我总是感觉怪怪的。如果我按照过去的习惯写日记的话,那它们一定会被我锁起来,就像那个将自己的秘密说给一个树洞然后用泥土封起来的电影男主角一样。我想念那个被警察带走的诗人,如果他也上QQ的话,他会不会还将诗歌写在墙上,对这个城市说很多的话?或许他也会续上一句:我把我的日记写在博客上,网友把我污蔑了;我把我的语言留在QQ上,电脑把我格式了……

后来我下线了。我知道,我——那个虚拟的网名,在很多朋友电脑的右下角,会同时显示出一个相同的消息:离线。

刻肤铭心

记忆中，第一次见到文身，是20世纪80年代，那时候我刚上高中，看到男人，会胆怯地低下头，硬是要与某个男人狭道相遇，便会随便选择一处安全的地方来看，以避免目光相碰。跟邻居那个无业青年每每在楼梯拐角碰到，我都会低下头看他裸露的手腕，去找他文在手腕上的那个字。他文的什么字？说出来大家都会觉得好笑，没错，就是那时几乎初文身者必流行的日本“忍”字。

但是，我一点也不觉得好笑。我觉得可怕。因为那个时候，文身还很少见，而且还被传统教育认定为“不良品行”。再加上，这个“忍”字青年还把头剃得光光的，整天拖着双人字拖鞋，游手好闲。虽然我不清楚他到底有多“不良”，但是，他在我们大院里，早就是个公认的“坏小子”。

“忍”字青年其实也不清楚自己到底在“忍”些什么。我们总是隔三岔五地能听到他跟他爸爸吵架，摔东西，甚至还动手，砰砰砰砰的，让人心跳加速，而且，我通过声音还能猜测到，“忍”字青年总能在这种父子博弈中占上风。现在回想起来，我觉得，“忍”字青年在那个叛逆的时候，在皮肤上刻上这么一个“忍”字，一半是因为流行，一半是因为，在他眼里，全世界都是那么地让他顶不顺，事事都逆着他的心意而行，所以，他不能忍。

当文身不再神秘、时髦之后，这种疼痛被称为“皮肤上的旅行”，现在成了一种态度和表白，甚至成了一种铭记。前一段时间，看娱乐八卦，记者放大了安吉丽娜·朱莉的文身，破译了这个大美人皮肤上的“密码”：左侧胳膊上的文身是她孩子被收养的地点和出生的地点的经纬度，左前臂文有罗马数字“十三”以及著名剧作家田纳西·威廉姆斯的一句话：A prayer for the wild at heart，kept in cages（敢想不敢为者终困牢笼）。左手腕的变形体“H james Haven”（詹姆斯·海文）是为她的哥哥所文。背部左侧大部文身是为儿子 Maddox 祈福的文字，颈后两肩之间是“know your rights”（知晓你的权利）。

我越看越觉得，这性感女神的文身，像极了我们 MSN 的个性签名。在个性签名里，有的时候是需要广而告之的一件事情，有的时候是针对某人意味深长的一句话，当然，还可以是抄录在笔记本上的某句座右铭。要是想的话，这些个性签名可以随时更换。那，为什么要忍受疼痛文在身上？以后，大美人是否会发展到在自己的皮肤上涂鸦？

最近，我看了一篇关于文身的文章，据作者说她自己经历丰富、内心沧桑，她喜欢文身，而且，专门找骨关节的地方文。为什么？因为她说，在这些地方的皮肤，跟骨头最接近，文在上边的心情和图案，几乎隔一层皮就到骨了——刻骨才能铭心。

我想进一步阐释作者的观点：因为在骨关节的地方文身，没有多余的肉作铺垫，往往会更疼痛。这种更为疼痛的皮肤之旅，无疑更能铭心。

天呀，这听起来多少有点“虐”，可谁说不是呢？在这样一个痛苦快乐都越来越丰富的世界上，在这个如电脑界面、个性签名不断更换的快生活里，要铭记一些痛苦和快乐的人和事，是多么的不容易啊。

植物大战僵尸

我最近迷恋的一款单机游戏《植物大战僵尸》。夸张地说,我都快要把自己玩成“僵尸”了,在连续几天的“大战”之后,我出现了手指、颈椎、肩周以及眼睛等身体各个部位的“僵硬”,而最让我觉得罪过的是,我还出现了思维的“僵硬”。

我把这次沉溺游戏的经历,当成一种网瘾的体验。现在,我可以告诉跟我一样有着正当职业和正常追求的人们,网瘾就是——“僵尸已经吃掉了你的脑子!”这句惨叫是游戏里,植物不敌僵尸的袭击,最终把僵尸放进了屋子,主人在屋子里的一声终极惨叫。

说实在的,我对编制这款游戏的作者佩服得要命,因为,这款游戏,刺激度和耐玩度都很适中,适合像我这样的女人,几乎不怎么动脑子,时而胜利,时而失败,而每一局每一关,都有小变化,小惊喜,最关键的是,你永远不会“死”,失败的惩罚就是——不断地重来——这跟人生有些出入。打个不太恰当的比喻，它就像是一个结婚不久的丈夫，既有恒定性，又没完全失去新鲜感。我相信，在现实人生里，喜欢变动不居的刺激的女人和喜欢死水微澜无法吹皱一池春水的女人，都不是大多数，都处于两头极端，而中间地带则占了绝大部分。这只游戏，就是献给这绝大部分的。所以，我不知不觉地对它不离不弃，完全被它占领了时间和身心。

我觉得我的脑子真的是“坏”掉了，或者说被“控制”了。为什么会迷恋一款弱智的游戏？

我在女性朋友圈子里，小部分地调查了一下，五个当中，有三个也在迷恋这款游戏，当然，程度不一。一个独身女友说，可以打发时间啊，又不会太闷；一个有丈夫有儿子的女友说，可以减压啊，难度又不大；一个正在做博士论文的女友说，可以摁停一下思维键啊，根本都不用脑；我的妈妈，一个退休在家的老女人，也说，好玩啊，不然在家做什么？答案似乎都跟无聊有那么一点关系，但也不完全。后来，我运用我那还没彻底“僵化”的思维，想了想，觉得，她们（当然包括我）都有一种逃避现实的倾向。我并不是说现实对于我们而言，是多么的可恨可厌，只是，人在现实中，总会遇到些不想遇到的事情，也许你早就预料事情会发生，也许你眼睁睁看着事情发生而无法应对，也许你吭哧吭哧地正在对付这些事情……总之，那些可以控制或无法控制的事情，都并非可以不花力气不动脑子，用鼠标和键盘就可以搞掂的。游戏却可以！简单得要命，点击就生，点击就死！这简单的方式，会逐渐吃掉你的脑子，直到你完全对现实的胜负都无所谓了！

原来，游戏就是这样把人的脑子吃掉的！在玩游戏的时候，我与现实隔绝，我只在眼前的声光电里，东奔西突，寻找胜利。可是，这胜利与失败，跟生活一点点的关系都没有，它甚至没有情节没有人物，它就连虚拟都称不上，它仅仅只是——空虚。每次退出游戏，关上电脑，我都能感受到这些像鬼一样袭击过来的空虚，不断地忏悔和懊恼。其实，这些随着空虚而来的懊恼的滋味，现在想来，比在现实中受到挫折、不公、失败难受多了。

有质量的生活总是稍纵即逝

什么样的生活才算是有质量？我不知道，可是当我眼睁睁地看着一种美好一溜烟而去的时候，我切实地感受到无奈、酸楚，站在原地，动弹不得。我就会想，那些逝去的就是有质量的。中学的时候，第一次和同学结伴上北京，紧巴巴地攥着一点钱，坐在那个黄色大“M”的窗边，每人只叫了一杯奶昔，我的是草莓味的，那是推广期，草莓味的5块，而巧克力味的要9块。头一次坐在这个遍及全世界的连锁店里，喝着最廉价的饮品已经很满足，感觉和全世界的小孩享受的待遇一样了。窗外的长安街上正好遇到了红灯，一溜红的白的灰的蓝的小轿车停滞在黄昏的夕阳下，首尾相接，流线型很漂亮的车身闪着光，仿佛在明争暗斗。其中一个伙伴认出了一辆在杂志上看到过其标志的劳斯莱斯，而且是长长的房车。几乎是同时，我们冲了出去，站在马路边上，贪婪地看着这辆深黑发亮的流畅的名车，那个银色的车头标志器张地张开翅膀，仿佛是从我们心里翻飞而出似的，我们五个少年怔忡在路边，全然不顾及车里的人以及路边的人。

红灯解禁，劳斯莱斯那样霸道而毫不理会我们的留恋驰走了，我们硬是追着跑了好几步。

再回到"M"里，发觉我们的奶昔刚好被戴红帽的小姐收走了，眼睁睁看着她倒进垃圾柜。

这一幕一直很清楚地出现在我的记忆里，那些黄昏里的长安街边的无奈，让我刻骨铭心，并且在许多场合里不止一次让我想起。

还没有搬家之前，每天早上上班前就会悠闲地坐在附近的"M"里看报纸背英语吃早餐，背景音乐很恰如其分地和空调一样舒适，望着窗外一边吸牛奶一边啃面包在赶上班的人，心里一阵快感。而对面几乎是固定的一个位置上，一个肥胖的美国男人，例牌地吃着他的咖啡汉堡和苹果派，吃完后一抹嘴拿着个便携式录音机，匆匆赶路了。我猜他是某个英文培训学校的外教。肥胖的赶路的身影，他让我心中也平添了几分优越。

搬家之后，我也加入到赶搭公车上班的一族，每次车经过那些固定的早上的位置，我都有那个少年时代的黄昏的感觉。

记得有一次在星海听一场小提琴 concert（音乐会），散场的时候漫步在二沙岛的风里，脚下是夜的珠江，那么柔软地流淌着。朋友谈论着刚才优美的小提琴，我硬是要把小提琴说成是白话文时期的舶来品的译音——梵阿铃，仿佛只有这个词才配得上那些在我心中颤颤流走的旋律。心里，眼睁睁流着一弯柔软的珠江，不分白天黑夜，没有红灯绿灯，就像那辆劳斯莱斯，全然不顾旁边那些留恋的怔忡的人们。

像护肤一样护理心灵

一个诗人说，我们同时生活在两类建筑中，实体的和抽象的，我们终生出入前者，而对于后者，我们永不可返回同一道门，因为这些门是时间。

同样，我们的脸也有两张。人的心理就是另一张脸，随着岁月的划刻而留下深深浅浅的皱褶，尘埃、细菌、时光的粒子，在空中飞舞，然后就宿命地不偏不倚地附在了上面，你的我的他的她的，分派好了似的各人自觉地从生活里领回自己的那一份。

素面朝天的机会少了，心理的素面朝天也同样减少。

遇到一个同一天分配到广州工作的女同事，我一下子回忆起那时我们略显彷徨的窘境。那时我们住在同一个房间里，适应工作让我们变得互相体恤，适应气候也让我们变得互相敏感。我记得那时刚好过一个圣诞节，我们把书桌拼起来，炒了两个小菜开了一瓶红酒,我们很开心地庆祝窗外的圣诞节,庆祝那些橱窗里花花绿绿的礼物,饭馆里双双对对的情侣,然后我们翻着从学校打包过来的行李,各自掏出一份心爱的旧物互送。我记得她给我的是一个旧旧的穿着灰灰的小裙子的丑娃娃,娃娃的鼻子翘翘的,眼睛小小的,她很坦白地说她保存这个娃娃好多年了,是因为这个娃娃特别像自己,鼻子翘翘的,眼睛小小的。仔细一看,还真是挺像。然后我们彼此拿彼此的脸自嘲,最后我们抢着一面小镜子照自己的脸找自己的丑。我们笑着,喝着红酒,直到我们的脸都红透了。

自从几年前她从单位辞职后就没再见过了。再见的时候竟然会不由自主地暗暗打量对方,我相信她的眼光也从我的视角出发。今天她的脸在精细的护理下变得漂亮了,举止也因为掌握了这个城市生存的钥匙而变得更自信了,表情也因为这个城市的斑斓的生活而变得更生动了。

好话,都是好话,用了很丰富的形容词将相见的感觉表达出来,然后我们心安理得地坐在咖啡厅里。那个布娃娃从此被遗弃在记忆的角落里。

我们聊得还算投机,还说要留下 QQ 号以后经常联络。临走前,听到一首爱米莉的《BIG BIG WORLD》,一首唱烂的老歌,倒是很符合当下的情形,一种纯真升起,我不由调侃了她一句,你的眼睛画了眼线涂了眼影真的没有那么小了啊。她的表情有些不自然,在我们之间本身就暗藏的不自然弥漫开来。歌还没唱完,我们就告辞了,什么号码也没留下来,她过马路,我则留在这边继续走。然后,我们就在这个城市失散了。

照旧生活，定时将一张面膜覆盖在脸上，十五分钟，清扫脸上的垃圾，清理那些注定会飘扬在自己脸上的微粒和疲倦。

什么时候，哪里会有一张富含维生素的美白面膜，轻轻地覆盖在我们的心灵，像护肤一样护理心灵？

怀旧精神

我记得那一年出差到上海,夜晚的时候,一个人打着伞,撑着这个十里洋场的靡靡飞雨,第一次见到了外滩。黄浦江上很黑地流淌着幽深的历史,洋房钟楼就在身后铺着小资的排场,却无力地被对面珠光宝气的就跟一个年轻的姨太太一样的东方明珠电视塔鄙夷着,美人迟暮却不失骄矜。人已经很少了,从前那种风雨无阻请人排队买位子的空前场面再也看不到了,原因很简单,娱乐场所比比皆是,谈情说爱的选择也花样多了起来。传统的散步晒月亮仿佛只是一种偶尔为之的怀旧浪漫。

现代人很容易就有了怀旧的习惯,新生的东西太多太快,流逝的东西也太多太快,能坚持的东西也太少太少。一不小心,一个二十多岁的年轻人就会跟你说她的历史了,那些被她喻为久远的过去的怀念的东西,很可能只是她童年的一个布娃娃。当我站在外滩,尽力地去用想象怀旧有关于它的种种情事,是张爱玲还是苏青?是许文强还是冯程程?

后来我想起了我的父亲,想起了他在我小时候经常煮的一杯咖啡。在外滩的边上,耸立着一块雀巢咖啡的广告霓虹,从杯里浓酽的咖啡到那一股意犹未尽的从杯口蔓延而去的香烟,那么生动地演绎了叹啡的整个过程似的。懂事起,父亲就有喝咖啡的习惯,这个习惯的开始,是缘于常年在南洋打工的爷爷某一天从海外带回来的一包咖啡。在那个年月,物质和精神都匮乏到了极点,一包咖啡便足以复苏了父亲曾经有过的小资生活的记忆。等到政策稍稍宽松,父亲便设法让海外的亲友寄咖啡。在厨房那盏阴暗的灯下,每到晚饭后,父亲就开始忙碌起来,用颇有历史的一个铝制奶锅,在蜂窝煤上用纱布包着一团咖啡精细地熬着,似乎还很讲究火候。最后,只熬出一小杯黑黑地放在书桌上,从杯沿上冒出了烟,我只喜欢闻,不喜欢喝。父亲会很得意地讲从前爷爷在广州经常带他到北京路的一间当时最有档次的太平咖啡馆里饮咖啡,那里全是穿白西装梳奔儿头的高级人士,包括他。我相信,那是父亲最难忘的一段历史,尽管那离当时仅仅二十多年,其间隔着的一个巨大的十年已漫长得让人连一个回头的姿势都变得苍凉和不忍了。

父亲的那杯咖啡,演变到今天,从有渣到速溶,从斋黑到伴侣。尽管其间有很多品牌的饮品火了又倒了,可是父亲却眷恋着那一股特有的味道。每个夜晚,看他端着咖啡坐在书桌前翻翻书,写写东西,就像很小时候看到的陶醉在自我空间的那个父亲,我想,父亲在喝着一种关于他从前历史的精神,坚持着那种生活质量品位的沾沾自喜。

曾经在街上看到一个老头，坐在落地灯箱广告牌的灯光下认真地读报纸，很巧的是那个广告正好只画着一个桌子上的一杯茶，不知道是做桌子的广告，还是做茶的广告，那感觉很像是一个添香的红袖刚给他沏好一杯茶便隐入了身边流动的市声里了，而他心安理得地享用着。那种专注，在车流人流的背景下，显得那样久违。

在现代化里流行的，有物质有理念，寻找一杯咖啡的坚持，寻找社会凝视的目光下心安理得的专注，这些，在什么时候就成了一种怀旧？

走　甜

第一次接触到“走甜”这个词，是在香港的一家咖啡厅，那个初次见面的作家，坐在我对面，很礼貌地对侍应生说了一句：“给我一杯蓝山，走甜。”经过确认，我才弄明白，“走甜”就是不加糖的意思。印象中，广州人不那么说，而是说“脱糖”“免糖”“斋啡”之类的。当时，“走甜”这个词从他嘴里吐出来，真的带有一种不带糖不黏糊的清净和节制。自从知道“走甜”这个叫法，我那酸酸的文艺腔作怪，也喜欢对餐厅的服务员讲起这个词，尽管，十次有十次，我在服务员的疑问之下，不得不加一句解释的话：就是，不要加糖。哦，服务员明白地走了。我不嫌麻烦，因为我知道，有的坚持是不能怕麻烦的，更不能怕被人耻笑的，比如说，走甜的人生。

仅仅是一个词，而已。然而，我却被这个词影响至深。因为那个香港作家。也许说这个作家是个清道士有点夸张，但是，他的确是一个节制一生的人物。在他接近五十岁的人生当中，没有做出过什么轰动的大事，他家境殷实，欲望却一直浅淡，无论物欲情欲一以贯之。他经历过香港飞黄腾达的花花世界期，那也是他生命中的美好时期，但他并没有跟着香港一起花。多少年来，他只是默默地阅读，阅读为主，有心得就写两笔，所以，他的少有的作品也并没使他声名鹊起。我曾经听到过一个在香港颇有名望的作家，耻笑他，称他为“两脚书柜”，总是埋头看书，却连二流作家圈都没挤进。然而，我也听到更多大学里的教授，一说到他，总是肃然，进而敬佩他。有不少教授，遇到学术上的问题，会致电向他请教。而他，会为了一个问题，在自己的阅读记忆里以及那些丰富的藏书里，上下求索。

跟他聊过天之后，我觉得这样的人，是个强者，他的吸引力远远比那些在台上在聚光灯下的“红人”要大一百倍。他清淡、朴素，一副对世界漫不经心却坚持己见的模样。他对一般意义的享受人生不感兴趣，就如他面对我跟前那杯甜蜜蜜的卡布其诺不感兴趣一样，他眼前那杯走甜了的蓝山咖啡，简洁地一个杯子一个杯托，而我的那杯，既有小勺子，又有糖包，热闹得不亦乐乎。要知道，这些东西，在他眼中，是幼稚的多余物。生活本来就复杂，人性本来就丰富，一切烦恼，都是突增的。如果，你的人生，仅仅需要一杯走甜的咖啡，那么，自然用不着勺子，用不上糖包，随之而来的一切都会变得简单起来。

可是，说归说，人的口味有的时候跟人性一样复杂刁钻，可以走甜一杯咖啡，并不意味着就不需要甜。所以，要在走过甜的咖啡里，最终喝出了甜的滋味。我想，那位令我敬佩的作家，就是在走甜的人生里，活出了甜蜜蜜的太平光景。

“纸老虎”的人生

本命属虎，今年一年，应该就是我这一只老虎添翼的好光景。

在上一个本命年，我刚从大学步入社会，从一个宁静的小城市来到广州这个“都市法则”严谨的地方。我总是被街上川流不息的车声扰得极其不适应，走在大马路上，老感到自己会被吸进那些车声的旋涡里。印象很深的是，有一次，在下班回公寓必经的那个天桥上，我看到一个四十来岁的男人，站在桥边，目露凶光，嘴里念念有词，走近一听，令人哑然失笑，原来他口口声声地在喊——干掉李嘉诚！这个站在天桥上的疯子，西装革履，看着不是老板也像个中产阶级。我不知道他到底受了什么刺激导致发疯，但是，我知道他那疯掉的心里包含着一种仇恨——仇富。在这个人还清醒的时候，到底被多大的野心苦苦地折磨过？到底在多少次竞争当中磨牙霍霍过？又到底如何彻底地被自己打败过？那一刻，我认为这个站在天桥上的疯子,真的很可怜,他已经不再记得来到这个世界上时所经历过的欢愉和欣慰,更无法感受到俗世生活曾经给予他的温暖,他唯一只记得仇恨。这就是一只被欲望击败的“落平阳”的虎啊。

相比起属相与人的相似度而言,人的欲望更像是一只猛虎,它始终对人虎视眈眈。

在二十四岁往三十六岁前进的路途上,我发现,我跟这只欲望的老虎越走越远。很多情况下,我开始看不到它的跳跃,听不到它的叫嚣,感受不到它的抓挠,更看不到它那令人内心凛凛的目光。然而,我却总是在一些奇怪的场合里与它重逢——一次大雪冬夜,全家人团聚在炉火前,拉家常叙别情,我在火光里看到了它,满足而温暖地伸了个懒腰;到医院探望一个刚逃脱疫情的朋友,她跟我诉说着那一场惊险的斗争时,我看到了它,狡猾地朝我眨了眨眼睛;在遭受到朋友的欺骗之后,激愤之余,我也看到了它,它优雅地舔着虎爪;在我刚读到一篇深刻的好作品时,寻味之间,我看到了它,它仰天咆哮,貌似在问天……

我的欲望已经变成了一只“纸老虎”。

我相信,这个世界上有不少“纸老虎”,他们只是在都市森林里,小心翼翼按部就班地活着,因为胆子小而失去了攻击他人的力量,也因为一贯的脚踏实地的生活态度而失去了占山为王的野心。他们会因为自己一亩三分地的些许收获而沾沾自喜,会因为回首来路看到一丁点进步而自我满足,他们只是孤独地行走在自己的人生履历里,他们的额头上已经写不出那只“王”字。“纸老虎”平淡、从容地过着时光平均分配给他的小日子。

三十六岁本命年,父亲给我买了一只毛绒绒的玩具老虎,它很像一只真老虎,蹲伏着,双眼有神,似乎在好奇地看着这世界,脑袋偏倚一侧,似乎脑子里有无限的思想。我父亲专门将它从老家抱到广州来,说要给我这个从小就胆子不大的“纸老虎”看门,让它陪伴我。我听这话,心里一热,鼻子一酸。知女莫若父,我父亲明明知道,这个女儿,生性与虎不匹配,送一只温暖的老虎给我壮胆。

我也更清楚,一只不断跳跃不断咆哮不断占领的老虎,它自然能看到种种大起大落和惊奇壮观的风光,而一只偏居一隅侧头沉吟的“纸老虎”,它细细地品味着这平淡人生,更容易被一件小事弄得鼻子发酸,心里发热。这两种不同人生光景,都值得一遇。

闲出来的愁

“人世间的愁苦如同幸福一样,有千千万万种。”当我写下这句话的时候,一定会遭受某种程度的鄙夷——讲这种不着调的空话大话,简直就是吃饱饭没事做,闲得慌啊。吃饱了饭,真的就会闲得慌吗?如果是这样的话,何以人人都向往那“偷得浮生半日闲”的“闲”,要这“闲”来慌来愁吗?算了,不饶舌了,我想说的是,人的愁苦真的可以分级的,为生存而愁、为疾病而愁、为公平正义而愁、为爱恨而愁、为未来而愁……这些愁应该都算得上是比较高级的愁,它们往往像一汪汪油浮于生活的海面上,既飘不走又沉不下,这些愁是顽疾。然而有一些愁,却是轻轻的、不伤人的,犹如水上忽然被一片落叶黏着了,一时间摆脱不了,却又并不碍事的,只好哄着它,让它随波荡漾,遇见风的时候,还让它恣意地打个滚,可爱又可恼。这样的忧愁,是轻量级的,比方说——闲愁。

闲愁虽轻,但是缺少了,就如人生的饭桌上少了一小碟海鲜豉油,饱是饱了,但嘴巴里的滋味终究少了鲜。却并不是每个人都能幸福地享用到这些多余出来的愁的。

在我的记忆中,我妈妈是个神经大条的人,她勤劳能干,家里不管里外大小的事情,她都是主力,忙忙碌碌,是一个女强人的典范。现在,儿女们纷纷长大各自成家,聚在一起回忆往昔生活,依然觉得过去的那个妈妈简直就是个“金刚”,强悍得从来没见她掉过一滴眼泪。“老妈很绝的,我十四岁离开家到外地上学,每次放完假回学校,都是老爸送我到车站依依惜别,老妈从来不去的,就算有时候去了,挥挥手,车子开动了,她也开步回家了,剩我一个人在车里哭得一塌糊涂。我十四岁而已啊。”我投诉当年的妈妈。“那个时候,哪里得闲啊,忙你们几个人又要忙上班,哪里有空想那么多?”老妈有点不好意思地说。于是我们都举了很多记忆中的例子来证明老妈的“无情无义”、神经大条,忽略了儿女的心理教育。“有吗?有吗?”老妈幸福地看着我们,笑得很开心,也存了些侥幸——你们现在不是个个长得好好的?平安、独立、快乐。

可是,一贯被我认为神经大条、少心少肺的老妈,晚年却变化很大。现在,每当我从外地回家探亲完毕,她和老爸必送我到车站,车门还没关,她就开始掉眼泪,老爸只好扶着她的肩膀,送别变成了安慰。听我老爸说,老妈现在还很喜欢看韩剧,看到感人的地方,还会掉眼泪……这竟然是过去那个雷厉风行的“金刚”?老妈经常说,现在我很安乐了,不用上班又没什么家务,你们都不用我操心了,很得闲的。

原来,得闲可以使人的神经变细腻,使人多愁善感起来。那些闲出来不伤身体的愁绪,让老妈变得很可爱。每当我在他乡想起她躲在车站柱子后边揩眼泪如同女孩儿的样子,我的心里便暖暖地感伤着。每当我在电视和网络上,看到那些白发苍苍的老人,为了拆迁、为了索赔、为了控诉这个社会的不公平待遇而奔走、落泪的时候,我多希望,他们不再会有这些重量级的愁,他们也应该享受到一片落叶浮在水面打转的闲愁……

清明是一个节日

清明节是一个缅怀故人的节日。怀念那些曾经在自己的生命中留下过痕迹的人们,无论亲朋,还是好友。这样的节日,按道理,适合一个人独处,试图在回忆里,让那些人离自己近一些,再近一些。可是,我就亲自参加过一次扫墓。那是很多年前了。一大群人,在进行了跪跪拜拜之后,竟然就在墓地前席地而坐,铺开地毯,拿出美食,吃肉喝酒,打牌聊天,那情形就像一次欢乐的野餐,真的很有节日的气氛。哪来感伤的气息?当时我真的觉得很难接受,似乎刚才所做的那些仪式,都是一次虚假的摆拍,何来对逝者的尊重?

后来,我再没去过扫墓。

有一天,我阅读菲利普·罗斯的小说《凡人》,里边写到了主人公目睹一场葬礼,当牧师在给死者做祈祷,给棺材铲第一铲土的时候,有个女人在拼命地哭,哭得毫无节制,她的丈夫很不耐烦地对主人公说,你知道她为什么哭?她是为自己哭,正如一个人自小的时候就是为自己哭一样。因为生命最令人心烦意乱的极限是——死亡。

缅怀故人的时候,除了怀念某个人的好,除了伤逝,还感时,无论是美好的时光,娱乐的时光,还是艰辛的时光。毫不客气地说,总是有不少人在感慨某些死亡的时候,会庆幸自己还活着。就像靠着坟墓喝酒的一群人,庆幸自己还能感受到酒的刺激和辛辣。

活着,并且娱乐,无论哪个年代什么样的人,都是一种瘾。所以,豁达而且有信念的人,觉得在世界上行欢作乐还不够,还要将那个最终去处,想象成比这现世还欢乐的地方——天堂。人如果经常强调这样的一个想法,不如意了,就想着到天堂去生活,好像天堂真的就是一个去处,好比度假村,好比旅游景点,甚至好比一间可以忘忧的酒吧。强调天堂的实在性,对于生命的消逝,大概可以释然一些。

我曾经送别过一位亲爱的老师,他跟病魔抗争了十多年,无论是他思维活跃时想象中的天堂,还是他在虚弱的时候给我描述过的天堂,都抵不过尘世的一根手指头,只要这根手指头,轻轻朝他动一动,生的欲望就爬满了他那一度干涸的心灵。对于他而言,即便尘世里的一声鲜活的叫卖声、吵架声,都能让他满心欢喜,因为,他爱这个世界,爱这个世界的亲人、爱人,爱这个世界的责任、义务,爱这个世界的成就、辉煌,爱这个世界春夏秋冬的温度……活着,真真就是一种瘾。

现在,我似乎理解了清明节的另一层作用,除了为故人添一炷燃着的香之外,更重要的是,为现世者提供一种安慰。

寄　存

在稻城封山的最后一天，我离开了这个被称为人间最后一处“香格里拉”的地方。

坐上一辆很破的客车，从稻城回康定，一路颠了回去。忙于应付自己的高原反应，我竟然不知道什么时候车在半途中搭上了两个藏族乘客。我是被他们的一阵歌声闹醒的。原始的、没有任何修饰的即兴唱歌，在稻城的亚丁几乎随路可以听到。这些歌声是那么辽阔，信马由缰的声音和歌词一经出口，就优游得令人难以捕捉，唯一让人可以感同身受的，是那种忘情的抒发，让我怀疑生活在这里的人们，失去歌唱的自由是否就等于失去了自己的交流能力。

开始我以为，藏族人之所以喜欢歌唱，而且随心所欲地唱自己编的歌，是因为那里地广人稀，为了让天地间多一种声音，让生活多一分热闹，用歌声点燃寂寞的篝火，所以张口就唱。可是后来，我才明白并不完全是这样。

车上的两个藏族人，几乎是坚定不移地从头唱到尾，即使客车遭遇紧急转弯、糟糕的路况、会车的急刹、鸣笛的吵闹等等，他们都没有让自己的声音停止下来。在我正前方的司机，是生活在成都的藏族人，一路开车一路听过去，心情特别好，还不时地回过头来问我，知道他们在唱什么？我摇摇头，于是我的头一阵剧痛，并且心跳加速，这些天的高原反应让我处于很恍惚的状态，轻轻飘飘像悬浮在空中一样。这种恍惚总是令我时时感伤，五色海的美丽会让我心痛，雪山的雄壮也会让我掉眼泪，山坡上的羚羊会让我怜惜……总之，生理和心理的高原反应，延宕在我的整个旅途中。

司机说，这两个藏族人是在祈祷，一个多小时，其实就那么几句话，只是变着曲调唱出来罢了。什么白云寄存在天空中，雨水寄存在海洋里，羚羊寄存在草地上，我寄存在你心里，你寄存在世上，世上寄存在佛的囊中……一路上，我断断续续地将这些话的顺序拼接了起来，像一首诗。忍住头的剧痛，转身去看那两个如入无人之境的歌唱的藏族人，当我的眼睛一碰到那顶牛皮帽子底下的眼睛，条件反射一般地竟然流下了眼泪。寄存在我体内的高原反应，让我如此狼狈不堪。那双我找到的眼睛并没有表现出惊讶和不安，同样地看着我，用歌声看着我。

这是我听到的最令人灵魂颤抖的一次祈祷。那么多排比句，我只听出了人生如寄的唏嘘。从他们的歌声中领悟不出祈祷的安宁，对我来说，这是一次失效的祈祷。虽然它们陪着我一路颠簸。

山蜿蜒,路起伏,歌笔直……

最终,车出了山,停在康定一个简陋的小站,已是黄昏了。果然不出司机所料,我的高原反应随着海拔的降低而逐渐消失了。而那两个戴着牛皮帽子的唱歌的藏族人,大概是在我整理行李的时候下了车。找不着了。由于第二天一大早还要到这个唯一的车站乘车去成都,所以我不得不将笨重的行李寄存在存包处。走出车站,这时候,我看到的康定,贯穿着一条激动的河流,一直喧嚣着奔往前方。不久,进入深山长期失去网络信号的手机就响了起来,他担心地问我,路上还好不好?我几乎想掉眼泪,人生如寄,把自己寄存在另外一个人的内心里,或许是在这个世界上最好的香格里拉吧。

相看

被人遗忘是一种盛誉……它指向时间，通向自由，它意味着原生态、清静自然、不被搅扰。

美的城

秋天，随作家采风团到衢州，这次活动的主题是"最美衢州"。当时，我就跟同去的几位作家说，真的很惭愧，在我的笔下，似乎已经不太懂得形容"美"。这是一个四处刷存在感的时代，这也是一个"审丑"的时代，相对于"美"，人们似乎更被"丑陋""离奇"的东西所吸引并且记住它。我们对"美"的描写，往往黔驴技穷，对于"美"的事物束手无策，或者说，一经写出就容易显得虚假。

在衢州的一路上，边看风景，边访人情，我同时也在叩问自己——何以我们对"美"总是熟视无睹，何以我们的笔下竟然还原不出"美"？

第一次见识衢州的美，它的存在就植根于我的记忆中，既有着一种形态的美，比如久已闻名的江郎山、廿八都、龙游石窟等旅游胜地，同时，也有着一种精神上的美，这是我更为看重的，衢州式的美。

衢州这座历史文化名城，拥有1800多年的历史所累积起来的人文环境，它的“城池”是很高的。我们站在柯城区那段保存下来的古城墙下，那天是阴天，天色跟城墙的颜色相似，街道熙攘的市声，仿佛被这砖墙所阻隔，无来由地安静了下来。我便是在这种内心的安静里，听到了大南门洞开的声音。城门是不在了，却留下了时光穿梭的拱形。古城墙有的地方保留完整，有的地方却残缺。根据历史记载，城墙从唐朝始建，宋、元、明、清都有续修，到了现在，有些地方可见断壁、残砖，我猜，不是不能修葺，是不愿，这里的人们，希望能在这些历史的筋骨里，看到祖先的不易，希望在往日的缝隙纹理中，看到今日的好。是的，今日的好，尽在这城墙下那些悠然而过的小日子里。历史，穿越衢州城而过，也是衢州人的家珍，如同廿八都那些古建筑的飞檐，翘首问苍天，虽无人回答，却以沉默坚固地指向过往。

这里的人，珍惜这片土地上留下的痕迹，无论功过，都以最大的善意待之，因为他们一向知道，善待历史，就是善待命运。在江山参观戴笠故居，这个地方，相比任何纪念馆和博物馆都显得暧昧。当我走在戴笠机关算尽的家里，我的心里竟然感到了悲伤。这哪里像一个家宅？我参观过很多名人的旧居、故居，它们一一能呈现出名人的日常家居生活，他的童年、高堂、妻眷、邻里……这些跟普通人无异的日常生活，往往是一座名人故居最迷人的地方，也是一个名人最有温度之处。然而，在戴笠故居，我却感受不到这些生活的余温。母亲长年供奉的神龛，是一道机关，母亲的化妆镜是一面侦查的秘密武器，甚至连窗前的那棵树，也要设计成“逃生树”……在通往卧室、岗哨的螺旋式暗道里，在精心布防的格局中，我感受到了一种逼仄的压抑，一种扭曲的变形。当我看到这些，我的立场悄然松懈，亦理解了衢州人为何在戴笠故居的门前，选用了章士钊的这副挽联：“生为国家，死为国家，平生具侠义风，功罪盖棺犹未定；誉满天下，谤满天下，乱世行春秋事，是非留待后人评。”

衢州人谈及历史，必念八都。后来我才知道，廿八都是江山的一个古镇，这里的人，读“廿”为“念”，到此游过的人，亦念念不忘，必有回响。这回响，并不是历史深处传来的回声。当我穿过古镇入口的廊桥珠坡桥，顿时被这世外般的景象所迷惑住了。这里，时光从来没有踏足过吗？在青石板和鹅卵石铺成的古巷中，时光只是蜻蜓点水地掠过去了一下，就连尘埃也站不稳脚跟。穿过一条条几米宽的窄巷子，路过一间间开着天井的四合院子，这里的一切都不是做旧的，而是人们在梦里做过的，难怪有人早就说过，这是一个“遗落在大山的梦”，而这梦境竟然是真实的存在。坐在窄街的一间茶舍里，透过雕花考究的花格窗，边品绿茶边吃一块铜锣糕，这用现代人的说法就是“小资”了，殊不知道，这是生活在这里的人们的常态，应该算是“小农”吧。

在这个清净安宁的古镇里徜徉，实在难以想象，这个仅为六十多平方公里的古镇，却是历来兵家所争夺的要地，因为它是由浙入闽的军事要道和唯一陆上官道，所谓“东南锁钥，入闽咽喉”。除了从地理位置还看出它当年的雄关漫道，关节重重，而那些刀枪剑戟的战争的声音，早已湮灭，我只能听到自己的叹息声，这一声声的叹息里，蕴含着难以言说的内容，既有对此地静美的惊叹，也有在此偷得安然的侥幸，既有对昔日峥嵘岁月的感怀，也有对当下浮生营役的羞惭……

在我来廿八都之前，就有人对我说："你肯定会喜欢上这个地方的。"是的，我喜欢这个地方，除了喜欢它世外桃源般的清与静之外，更喜欢它的自在。这个地方虽然不大，但却充满了宽容，给予人的世界是广阔的。如同它向世人敞开的怀抱，温暖、良善。这是此处一贯的传承。历来，这个小小的廿八都古镇，是个南北交融的地方，在战乱频仍的时候，由于这里四面关隘相守，很少受战乱影响，再加上商业繁荣发达，所以，很多外来人，不论等级、贫贱，亦没有门第宗族的偏见，一旦到了此地，他们就能找到自己的栖身方式，便不肯离去，纷纷在此定居。据统计，廿八都是迄今发现唯一有百家以上姓氏的移民古镇，值得尊敬的是，这些移民都不会忘记自己的祖先，大多修有族谱，他们的子孙后代都知道自己的来历，正因此，这里的故事很多，坐在饭铺茶舍，看到一个远去的背影，故事便会被这背影拉得长长的，而讲述者和听讲者，一时间，竟然忘记了此夕何夕，此处何处。

我跟同行的作家说，衢州人很幸福，他们懂得，这安详美好的日子，是从历史的手中"夺"得的时光，因此他们满足，珍惜、善待自己，同时善待他人。

对于在衢州生活的人来说，对这些历史痕迹最好的修葺和维护，就是在精神上修葺和维护。衢州是个道德高地，孔子的南宗家庙就坐落在柯城区，是孔子的第二故乡。这里的人从小与德为邻，固然视人的美德为最完整的美。一直以来,衢州市委、市政府提倡“最美”,从最美的一个人,到最美的一群人、最美的一座城。“美”是衢州的魂,而魂是无处不在的,它不需要任何吸引人眼球的招数和技法来“刷存在感”,它是这里的水和空气,与城同在。在此次采风的行程中,主办方特意安排我们与衢州“最美医生”“最美教师”“最美村官”等这些被老百姓推选出来的“最美衢州人”进行交流对话。他们之所以成为“最美”的人物,最重要的一个理由就是,他们总是在为他人着想,“授人玫瑰,手有余香”,他们把芬芳的美传递给了他人。在交流的过程中,我多次听他们在说类似的话:“我也不知道自己这样做算不算美,但我知道,我用自己的力量帮助到他人,自己心里觉得美滋滋的。”这是美的另一种含义——对于他们来说,美就是日常,美是他们在太阳底下寻找到的欢乐。

我曾经读到过诺贝尔文学奖获得者莱辛的一句话:“美,这个概念本来是先从有形体的对象得来的,却具有一些普通的规律,而这些规律可以运用到许多不同的东西上去,可以运用到形状上去,也可以运用到行为和思想上去。”这句话与衢州人对“美”的理解和践行不谋而合,这同样是衢州这座美的城给予我的新启示。

多宝路其实离我家很远

莫名其妙的，我一直很喜欢多宝路。掐算一下，来广州十二年，仅仅去过多宝路不超过十次，而且，我家住天河，离多宝路大约还有十多个公共汽车站。可是，不知道为什么，只要有外地的朋友来，问我，广州有什么地方值得一逛的？罗列出一些“地标”性的景点之外，我总是不忘对他说：“当然，我认为多宝路也很值得去看。”

多宝路上有什么？具体我也说不出什么名堂来。除了那些传统的西关屋、玉器街之外，就是小窄巷、石板路，呃，还有很多原汁原味的广州人。基本上，这个地方是全广州本地人最集中的地方了。

莫名其妙的，我喜欢看广州人，听广州人讲话。这不是像我这样的移民在身份认同感上存在一种焦虑，广州这个地方，管你哪里人什么身份，只要有个茶位，你坐下来，你就能在广州待下来了；倘若你努力，学习到一点粤语的皮毛，不再鸡同鸭讲，那么，你就能在广州舒畅地待下来了；再倘若你努力加聪明，能够学成一口流利的广州话，那么，你就可以在多宝路买下杀了三分之二价的一只手镯，就可以牙刷刷地不辞长做广州人了。我曾经听到过不少外省人，懊恼地抱怨，广州话是这个世界上最难搞的“鸟语”，因为这些人的舌头笨拙得不懂得上下左右求索，就如同他们第一次踏进多宝路，容易被多宝路众多的长巷、短巷、冷巷、镢头巷绕得稀里糊涂的。所以，在这样的地方，一旦懂得了粤语，顿时能做这个地方的穿堂风，直接而且游荡。

我曾得以在多宝路的西关老屋里住过一夜。这屋子是我一个旧同事的出生地，她专让我睡在她的小房间里。房间里光线不足，因为墙上只留了半扇窗。而窗户离隔壁一家西关老屋，只隔着一条大约只容一个半人走过的冷巷。不记得是因为什么了，临睡前，我居然跟那位旧同事很不合时宜地聊起了我的家乡。睡觉前，我还在那半扇玻璃窗上，呵口气，用手指写下了我家乡的名字，以及几句文艺青年酸溜溜的乡愁的句子。第二天早上，我是被一阵阵说话声和咳嗽声弄醒的。我不仅能听粤语，而且还会说不标准的粤语。只听到一个女人嗓门大大地叫着：“梁姨，去霸位了喂！今天我埋单。”话音没落，另外一个女人也扯着嗓门说：“哇，冇几何嚡，咁大只蛤乸随街跳嘅？”“湿湿碎啦……”女人们的脚步声和说话声，仿佛从我的头顶路过。我望向窗口，只见玻璃上水汽痕迹斑驳凌乱，才想起来，昨天晚上写上去的那些字，已经被外边的市声给吹散了，毫不拖泥带水，连梦里也一干二净。不知何解，广州的市声，总是有本事，将你一下子拉到酒楼食肆，拉到冰鲜鱼档口，拉到股价楼市，拉到现实生活中最精彩也最残酷的一个风口处，坐下来，慢慢叹啊，叹人生有常无常。

歌仔都有得唱啦："毋用计较快欣赏身边美丽每一天/还愿确信美景良辰在脚边/愿将欢笑声盖掩苦痛那一面/悲也好喜也好每天找到新发现/让疾风吹呀吹尽管给我俩考验/小雨点放心洒早已决心向着前……"邓丽君的《漫步人生路》，你听过未？

庆元的盛誉

庆元是浙江最西的一个县城。在中国的传统中,“西”,往往跟“边”如影相随,那是一个际界,是一个太阳落山的地方,是历经七七四十九天九九八十一难而获取真谛的极限……总之,“西”的边陲性,因其罕至而使人充满了想象。在去庆元之前,我也想象过那里。既是浙江的最西部,仍旧属于江南,断然也不会像浩如烟海的大漠戈壁、沟壑纵横的黄土高原、四野苍茫的广阔牧场等中国西部的景况,那么江南的最西,是更为水乡,还是相左?去过庆元之后,我新生了另一种感受——庆元的西,不是地理的设定,而是时间的记号。

“再过两年,高铁就要经过我们庆元了。”在此行采风过程中,不断听到有人这么告诉我们。这些话,庆元自己人是不常说的,只有对着外地客人,他们才会意识到,西边是一种距离。距离通常需要在时间的提示下,才会产生出相对应的远和近之分。在庆元,仿佛接收不到时间的提示。河流穿城而过,廊桥骑河而跨,市民悠闲度日,就连这里最热闹的明星——蘑菇,也是慢吞吞地撑起了自己的小雨伞,仿佛即将出门去看一场戏台的表演。在那些闻名世界的廊桥上,总会坐着一些闲谈的老人,他们并不会意识到自己屁股下这段木凳子,已经在世界的镜头里得以传播,时间就等于他们脚下无声流过的河水。在百山祖的森林景区里,那几棵混生于众多杂草树丛中的冷杉,并没有刻意地标识出自己的身世——它们是第四世纪冰川时期的孑遗植物,时间就等于它们身上的叶子,生长和飘落都无声息。在三井溪谷中那一只只石臼,盛满了清冽的溪水,如果不是那个带路的当地人指引我们驻足看,我们哪里会知道,这是200万年前由于冰川侵蚀和堆积作用,在火山岩区形成的冰川遗迹,在这里,时间就等于上帝偶然踩在这里的一只只脚印,来去都无形迹。在西洋殿中,以自己的方式祭拜着菇神的乡民们,一炷香一默念,时间就等于遁入香菇发源始祖吴三公之体的灵魂,保佑菇民风调雨顺……

时间,以各种形态呈现在庆元,就是不以分针秒针的步调行走。

很多时候,我想,一个现代化城市的座标,并不再以东西南北的纬度来构建,而是以分针秒针的角度搭建而成,在这样的坐标体系中,人最恐惧的是时间的流逝,为了克服这些恐惧,我们往往要在时间里急急脚寻找存在感。也难怪现在微博微信里刷存在感的人群越来越庞大,在一个虚拟的空间里,虚拟出另一个自己,目的在于不被他人遗忘。从某个角度看，庆元这个失去时间坐标的地方，对于我们来说，不是另一种虚拟的存在吗？

在离开庆元的归途中，中巴车又行驶在来时的高速路上，我想象着这个地方再过两年就会有高铁了，那么这条高速路就会被时间又一次抛弃。这时，坐在我身边的朋友随手从座椅靠背口袋里掏出一个小册子。那是前两天参观百山祖景区时，当地导游发给我们的风景手册。他翻了一页，就摆到我眼前，指着那里的一行字说："这里通吗？"那行字写着：百山祖享有"华东古老植物的摇篮""昆虫的世界""生物模式标本的产地""被人遗忘的角落"之盛誉。对于我们这些长期搞文字的人，瞬间就能嗅出其异常的味道。"被人遗忘的角落"是一种盛誉？"通吗"？要是将这句话放在我们笔下的任何一段文字里，读者、编辑会认为这是我们的笔误。这不是语法的错误，这是认知的错误，事关我们世俗所达成的价值观问题。然而，这段话是形容百山祖，是那个被称为"百山之祖"的地方，只要你到过那个地方，你就会对自己所一贯认知的文意伦理产生动摇，对自己所一贯认定的价值观产生动摇。任他人记住或是遗忘，它兀自存在，它不需要急急脚亮闪闪地刷存在感，它的存在感就如它宽阔的胸怀，就如它丰裕的负离子，就如它物种资源丰富的"基因库"。它用静穆的眼神拦截住了时光的粒子。在这个浮躁的时代，存在已经远远离开了其本意，存在感随时会演变为自我中心主义，"活在当下"的追求会变异为"活得永远"，而恰恰是遗忘，成为一种自由的境界，一种幸福的礼物。我记起在举水村的一座桥上，那个八十多岁的老奶奶，讲着我们听不懂的方言，唱起了一首熟悉的旧歌,唱着唱着,她就手舞足蹈起来,跳着没有章法的舞蹈,仿佛我们的目光是不存在的。在她沧桑的脸上,刻满了经历,那一定是些有着欢愉也不乏痛苦的经历,在她手舞足蹈的那些时刻,她忘记了那些过往,就像风一样自由自在。

被人遗忘是一种盛誉,这是庆元所理解的法则,它指向时间,通向自由,它意味着原生态、清静自然、不被搅扰。我很清楚,在我们这辆车到达终点的时候,这个法则会变得愈发行不通,它会被斑马线、十字路口禁行封锁,我也深知,很快我就会回到我所一贯的认知,遵守并且避免发生"笔误"。然而,我却深深地记下了这个"被人遗忘的角落",并且心向往之。

时间堆积在常山

去过一次浙江常山,我总是会向身边的朋友建议,一定要去那里看看。如果他们继续问我,去常山看什么?我就会回答他们:"去看看时间。"这话听起来过于文艺,也有点装腔作势故弄玄虚的嫌疑。但是,在常山,时间的确是可以看得见的。时间堆积在常山,以山的形态,以化石的形态,以精神的形态。

如果说,那部红极一时的电影《星际穿越》用五维空间向大家展示的时间形态是虚拟的,那么常山黄泥塘的"金钉子"所展示的时间,则是真实的,不仅真实,还精确,因为它是一把尺子,丈量出距今4.6亿年左右那段时间的地层剖面。在地球的时间史中,这枚"金钉子"准确无误地标识出了奥陶纪中部的那一段时间。如今,地质专家要判断全世界所有那个年代的地层,都必须把常山黄泥塘"金钉子"剖面当作尺子去比较,以此为标准,来推断分析其它各地的地质年代。

我不是地质学家，也不是考古学家，作为一名写作者，对时间的敏感让我不断去碰触快和慢、过去与未来、生与死这样的命题。

“对酒当歌，人生几何？譬如朝露，去日苦多。”人仅仅是宇宙时间中的那一颗朝露。时间，是历代文人写作的母题，写不尽，写不透，就如它的形态——看不见。然而，走在常山国家地质公园，我没法像过去游览风景区那样，迈着轻快的步伐徜徉，怀着到此一游的心情，呼吸清新的空气，观赏青山绿水的自然景致，虽然这些元素在这里并不缺少，但是它远远不止这些。在金钉子景区那条著名的黄金色长廊上，每走一步，我都觉得踩在了时间上，以化石的形态展示的时间标本，又以年轮般的剖面呈现沧桑。这些时间堆积起来的风景，让我看得触目惊心。如果说，长廊下那条流淌不歇的河水，就是以我们对时间一贯的理解——分、秒、时的速度在运动，那么这些化石就是时间和空间的压缩、变形和凝结。同时，这些化石在我眼前也形成了一个五维空间，在凝固不变的时间里，我们是变的，时间是恒常的，世界是渐变的，在恒常与变化中构成了人生的精彩。那感觉如此奇妙，又令人感触良多。

除了较量时间的“金钉子”之外，在常山国家地质公园的三衢景区，裸露在丛林中的那些岩溶石林，是距今约 4.4 亿年的古生物礁，它们不是石头，而是生命，曾有着血肉和呼吸，也许，还有思维。

也许就是因为这些看得见的时间，常山人对时间的态度也很敏感。他们珍惜时间，深知时间的魅力。在常山，我被带去看过一个古老的茶油制作坊，当地人说，他们这里的茶油之所以有名气，是因为油都是时间“榨”出来的。传统的制作方法，以“木榫榨”最正宗。榨油工序烦琐，都是人工与时间的共同出品，每年，从霜降过后开始，采果、堆沤、晒果、脱壳、晒籽、碾粉、过筛、烘炒、蒸粉、包饼、榨油、过滤，直到最终完成。我目睹那些打油的老师傅，用一根沉重的撞杆使劲撞击木榫榨的扦头，不断挤压里边的茶饼，在一条凹槽里，茶油慢悠悠、滋润润地淌出来。从茶籽坚硬的种子形态最终变为液体，是一种物理上的质变，需要时间和人来成就。

在观看榨油的整个过程中，我对一位老师傅产生了兴趣，他一下一下地用撞杆撞击着木榫榨，看上去，就像一只耐心的钟摆。当地人告诉我，这位老师傅做这个已经快半个世纪了，这个榨油坊是他们祖传的，他从穿开裆裤就开始学榨油。别看他相貌平平，可是村里的大户呢，挣钱不少。趁老师傅歇息的空隙，我问他：“为什么不改良一下这个作坊？”事实上，因为常山的茶油出名，已经成为支柱产业，在我来的一路上，经过几个茶油厂，规模比这个大，里边传来机器不断的轰鸣声。师傅分明很清楚我的意思，他并没有直接回答我，只是点了根烟，坐在油腻腻的小板凳上，一口烟喷出来，他的眼睛也眯了起来。“他们做的油没我的香，他们舍不得花时间，一分钟就能滴出来的油，像水一样。”看他脸上一副轻蔑对手的神情，我顿生敬意。也许，在他“家传”的观念里，油是从菜籽里榨出来的，也是从时间里榨出来。榨油要珍惜时间，而珍惜时间不在于节省时间，而是在于舍得花时间。

这听起来，就像是一种悖论。何尝不是？时间时常令现代人处于一种悖论当中。我们不断地提速，以至于一日行万里，一秒知天下,我们不断地用高科技手段珍惜各种时间,同时又把时间浪费在各种虚度上,以至于我们不得不给自己叫停——等等灵魂。何时快,如何慢,这是时间与人永恒的战争,而在常山,我看到的那些时间堆积起来的化石,从某种意义上说,就像一个古罗马斗兽场,让人产生肃穆、敬畏和无尽的联想。

索引汪氏家宴

从扬州的高速路下来，到达高邮，已经是黄昏时分，只能看到落日的余光了。也许因为这天光的缘故，当地迎接我们的旅游局导游，几乎来不及过多寒暄，便快马加鞭，直接带我们驱车赶到运河的一个码头，坐上最近的一班渡轮，十分钟左右，横穿运河，登岸，又换乘一条小客船，突突突突地在两边芦苇密布的水面朝前开。陆路换水路，马不停蹄，我联想到高邮这个地方，就是秦时建的一个邮亭，当年披星戴月赶路的驿使，骑马，坐船，步行，时行25里，将信息传递出去。大概，总有一程是在我此刻所处的位置和时辰中吧。

“这里就是高邮湖。”因为这一程水路比较长，导游才有充裕的时间向我们介绍。高邮湖！我睁大眼睛望向船窗外。“黄昏了。湖上的蓝天渐渐变成浅黄，橘黄，又渐渐变成紫色，很深很深的紫色。这种紫色使人深深感动。我永远忘不了这样的紫色的长天。”这是作家汪曾祺先生笔下的高邮湖,记得读书时老师在课后布置《我的家乡》这篇散文做阅读作业的时候,特别将这一段画线,问:为什么说“这种紫色使人深深感动”?这是很多年前的一道作业题了,我早已经忘记标准答案。死记硬背的作业,哪里会记得下?倒是汪先生的这一段话从记忆的深处冒了出来。我顾不上听导游的解说,兀自走出船舱外,可惜天色已晚,我几乎看不到什么,高邮湖的水面已经陷入一片昏暗,两边的芦苇成了一片片阴影。可是,当我望向天空,不禁激动起来,是的,就是那种“很深很深的紫色”。我这个过客,没法目睹湖上蓝天由浅黄到橘黄的渐变过程,但是,我最终与汪先生“永远忘不了的紫色的长天”遇见了。这是一种多么奇妙的印证。不是照片,不是绘画,是文字带着我留下了对高邮湖上这一刻“紫色长天”永生难忘的记忆。那一刻,我既感动于汪先生的描写,也感动于文学的魅力。

船向高邮湖的更深处开去,不知道行到了哪个水域开始,我就听到了一片聒噪之声,似乎我们是被这声音包围住了,而四处循声望去,却什么也看不到。导游告诉我,这是当地人放养的鸭子在叫。天黑了,这些鸭子回“巢”了。我哑然失笑,可不是嘛,高邮以出品咸鸭蛋著称,基本上,我们在超市能买到的,品质最高的咸鸭蛋都产自高邮,这些声音来自咸鸭蛋的“父母”。伴随这些此起彼伏的鸭叫声,船终于停靠在一个码头。晚饭就设在这个芦苇荡旅游景区,吃的是农家乐。主人是一对夫妇,因为要等我们吃饭,特意留在景区。饭菜已经准备好。我一眼就看到了一盘咸鸭蛋。每只都带壳切开了两半，花瓣一样拼摆在碟子上，蛋黄通红，一滴滴红油迫不及待地流到了碟面，蛋白乳白。在汪曾祺先生的笔下，高邮的咸鸭蛋不仅可以下饭，还可以空口白吃，当然，蛋壳还是孩子们的玩具。我看着这盘咸鸭蛋不由得咧开嘴笑了，导游问我笑什么，我说，这咸鸭蛋太亲切了。导游似乎才醒过来我们是搞写作的，来这里就是为了看汪曾祺的故乡以及他笔下的高邮。于是，他指着那盘虾笑眯眯地对我说："这就是呛虾，你懂的。""那么说，这是白虾？"我们像对上暗号般会心一笑，所依据的全是汪曾祺先生笔下所提到的内容。我没想到，导游也熟读汪曾祺先生的文章。

主人指着一桌子农家菜，有点不好意思地说："我们没什么好招待贵宾的，靠湖吃湖。桌上菜大部分都是高邮湖长的，虽然不珍贵，但我保证都是无公害。"我数了一下，有鱼有肉有虾有蟹，有藕片、菱角、莲子羹，果然大部分都是湖中物。鱼是白条和鳜鱼，肉就是刚才在高邮湖里只闻其声不见其形迹的著名的高邮麻鸭。我其实很怕鱼虾的腥，平时在城里买的那些鱼，不仅腥，还有一股煤油味。一个做水产生意的朋友曾经告诉我一个秘密，有些鱼贩子喜欢在鱼腮里滴几滴煤油，这样，鱼即使死掉了，鱼鳃还能保持鲜红的颜色，看起来还是"新鲜"的。我趁机向主人求证，主人一脸迷茫。在高邮，吃湖鲜是家常便饭，通常是在湖边码头，渔船捞上来活蹦乱跳的时候，就被当地人买走。这里的人嘴巴可刁了，他们甚至能吃得出筷子里的那块鱼距离它被捞上来有多长时间。当然这大概是当地人夸张了。但是，高邮湖鲜是真正的鲜，清蒸白条、鳜鱼，除了盐巴和那几根为了好看而装饰进去的葱段，几乎没任何佐料，蒸熟就上桌，足见主人对食材的自信。果然，一入口，清甜无比，仿佛啖下的是高邮湖的汁液，清正，清澈。主人说，这是他今天上午在湖里打窝，捉到的其中几种鱼。还有一种鱼，做在了豆腐汤里。我用勺子一舀，果然捞到一条头扁嘴阔的无鳞鱼。哈，昂刺鱼，我认识它。主人告诉我，这种鱼在其他地方的确叫昂刺鱼，得名于它背上那条特殊的长骨刺，因为汪曾祺老先生在文章里将这种鱼改叫为“昂嗤鱼”，所以这里的人也都开始这么叫了。是的，我记得汪曾祺先生在《故乡的食物》写到，因为这种鱼背上的骨刺，一旦被捏，那鱼就会发出“昂嗤昂嗤”的声音，因此他称为“昂嗤鱼”。他还提到，昂嗤鱼氽汤最好，汤白如牛乳，称为“奶汤”。汪先生对故乡的食物一直深研，加上感情丰沛，他笔下所描写的味道再精到不过。我便一直在他文字的引导下，咀嚼、体味着……

一顿饭吃下来，我了解到，高邮人已经将汪曾祺笔下所描写到的故乡食事做成了一围宴席——汪氏家宴，与高邮的“少游宴”“珠湖鱼宴”“全鸭宴”“盂城驿宴”“少游虾宴”“清真宴”一起成为七大名宴。我当即向导游提出明天希望去吃“汪氏家宴”。面对导游犯难的脸色，我狐疑自己提出了一个非分之想。虽然说是“家宴”，但是，一旦成为名宴，再打上汪先生的名号，一定价格不菲，这类事情在旅游景点并不少见。没想到，导游犹豫地对我说：“这个汪氏家宴，其实就是普通的家宴，太普通了，我们明天准备了高档些的菜给你们品尝，如果要改，还得向厨师征求意见。”我的心顿时放下一大半。不是太贵而是太便宜，那就简单了。我态度立刻变得强硬起来，一定要吃汪氏家宴。我曾经在一本书上看到过汪曾祺先生扎着围裙举着锅铲的家庭照片，这个可爱的老头，地道的一枚“吃货”，他尤其钟爱家常菜，用平常、家常、正常的食材烧出异常好吃的菜肴，如同他用精练、精准、精辟的文字写出了经典的作品。如果“汪氏家宴”变成一桌高档的珍馐，可大大违背了汪先生生前的“烧菜精神”。

在我的强烈要求下，第二天，我们真真实实地吃到了汪先生笔下所写到的“故乡的食物”：咸菜慈姑汤，咸咸酸酸，慈姑爽脆，喝下两勺，体味到汪先生为什么每次吃到就会想念高邮的雪，只不过，这雪是热的，如同记忆里的故乡；炒米炖蛋，用炒米的粗糙衬托炖蛋的鲜嫩，又用炒米的脆香中和炖蛋的温吞，一口下去，既有嚼劲又有细腻的缓冲，实在是一种奇妙的口感；虎头鲨是整条上的，不大，由于这种鱼的脑袋奇大无比，因此，细腻的鱼肉吃几口就没了，并不腻人的，恰到好处。让我感到幸运的是，还能吃到汪先生细心考证的一种当地野味——䴔。这是一种水鸟，从它几乎与身体同长的尖细嘴巴能看出，它应该是高邮湖上的抓捕能手，加上身形娇小，行动敏捷，一定是上天下水的运动健将。这种䴔据说过去很多，但现在几乎都是养殖，大概由于这是“汪氏家宴”的一道特别的菜，缺它不成宴，因此，养殖的人还不少。虽然对这个精灵多少有点于心不忍，但我还是吃了两口，肉质比鸡肉结实，味道有点像广东的红烧乳鸽。

而最让我吃得感慨万分的就是那道“油条揣斩肉”，也是我最期盼吃到的，因为它是汪曾祺先生首创，天下没有任何一个菜谱有记载，就像每一位作家都有自己代表作一样，这道菜对于我来说，就是“汪氏家宴”的代表菜。果真如汪先生所描写,肉馅塞进油条里回锅炸,一口下去,外脆内酥,肉汁盈腔,别有一番滋味。这道菜再普通不过了,仿佛某个街道转角处,随意支起一个摊档就能买到,它大众,却别出心裁,油条与肉馅和谐包容,共生滋味。就像汪先生一贯的文学主张:“我追求的是和谐,希望容奇崛于平淡,纳外来于传统,能把它们揉在一起。”汪曾祺先生为人平和、随意却不乏个性,为文简朴、冲淡却不乏精神,我不禁想起在汪曾祺纪念馆里,迎头两根顶梁柱上贴着一副对联,出自他的好友、著名作家林斤澜先生之手:“我行我素小葱拌豆腐,若即若离下笔如有神。”

作为一名写作后辈,一位汪曾祺热爱者,我沿着先生的文字,索引着他的故乡和故乡的味道。面对这一桌名副其实的“汪氏家宴”,我再次理解记忆给予文学的那些五味杂陈的感受。文字也许记录的只是寻常人普通事,但在某一个地方,某一个时刻,你与这些文字和记忆相遇、印证,你会忽然感到,时间——停止了。时间真的停止了,我看到了他,沿着护城河一直走,不时低下头来“拣选平薄的瓦片打水漂”,一跳、二跳、三跳、四跳……

像探亲戚一样探风景

在广州生活十余年，我最喜欢春节，不仅仅是因为有花团锦簇的花市，也不仅仅是因为霓虹装点都市宛若繁华盛宴，最重要的是，在这个中国人最为看重的热闹节日里，广州却出奇地宁静，一改往日的拥挤，走在街上，人少了，车少了，甚至空气也富余了。在广州，外来人口占了三分之一，一到过年，这三分之一的人们便海陆空地回巢了，留下这个广州大巢穴，最适合人蜗居。这些时候，我可以随心所欲地去任何平日里想去却害怕人多而止步的地方，春节对于我来说，无异于"错峰"的时间。

今年，是我迁居杭州后过的第一个春节。按照我的习惯与经验，我的"错峰"计划是这样的：到那些平日里游人如鲫的地方，慢慢逛逛，细细体味，比如著名的西湖景区、灵隐寺一带，我想，这些风景是不过年的，慕名而来的游客散尽了，杭州本土人也不稀奇它们了,人总归是不会太多的,所谓“人少好过年”,正合我这种惬意赏江南的心意。大年初一,我带着父母从翡翠城驾车出发,开过西溪湿地,从天目山往灵溪隧道拐。没想到,还不曾钻进隧道,便被交警拦截,说是双号限行。为什么?答曰:因为灵隐寺一带人太多,车都进不去了。恍然。据说这里的人喜欢大年初一到灵隐烧香,不夸张地说,不少人除夕夜守岁之后,就到寺庙附近等候了。我下车往隧道口望去,只见黑黢黢的隧道里,盘着一条“龙”,一截一截地跳跃着红光,蜿蜒地朝前方“蠕动”。听交警说,这条“车龙”十分钟挪一下,都是往灵隐朝拜的。在转身离开的那一瞬,我仿佛看到了那一端隧道口的光亮,在这沉默的等待中,在这冗长的拥堵里,光芒万丈。

放弃了灵隐寺,我便改道前往西湖。可是,待我们自保俶路开近西湖,想把车停下走进景区,我们才知道,开车出游绝对是一件很傻的事——兜了若干个停车场都找不到车位,我们只好沿着西湖,边找车位边观景。我从车窗望出去,这哪里是我想象的西湖?堤岸边,人潮涌动,远远看去,不知是湖动还是人动,那阵势,跟黄金周小长假的景致无异。顿时,别说找车位,我连下车的兴致都没有了。我们只好坐在车里,走马观花。西湖边的交通也比平日限制得多,不少地方临时设置了路牌,如此,我们的车子仿佛开启了“自动模式”,随着前边的车左拐右弯,倒也省去了找路的麻烦。看起来,坐在凉亭,呷茶赏西湖,看三两白鹭飞飞停停,品风月掌故的美好愿望也泡汤了。

如此兜转,我才知道,趁春节“错峰”到杭州景区,的确是个不谙习俗的外乡人的一厢情愿。殊不知,这里的人除了吃吃喝喝以外,他们认为最重要的过年方式,还是来这些祖祖辈辈引以为傲的风景胜地,即使他们与这些风光朝夕相伴,即使他们闭着眼睛都能描画出这些地方的四时形态,他们还是会来,仿佛这些地方是他们的客厅,他们会风景,风景也会他们,如同串门访亲友。或者说,这些地方,是祖先留给他们共同的财产,他们不来赶一份子,就像吃了亏,而“吃亏”的事,在新年伊始是最不能做的。

我记得刚调离广州的时候,有朋友跟我说,杭州好,也就是风景好而已,而风景,总有一天是会看厌的,风景是没有人情、没有记性、没有温度的,广州虽然风景不咋地,但是人气旺,人情足,活色生香。今年,我在杭州过春节,虽寻灵隐不“遇”,访西湖未果,可是,我却被杭州人对风景热爱的温度所感动。无论如何,以风景闻名的杭州,誓要将风景进行到底,因为,风景就是他们的人情世故,风景与杭州人,世代相看两不厌。

写写美好的爱情

宁波的鄞州区,有个著名的梁祝文化公园。它的闻名起源于一段浪漫凄婉的爱情传说——梁山伯与祝英台的故事,这个故事无论哪个年代出生的孩子,或迟或早,一定都会听说,作为中国四大民间传说之一,时间已经将它封为永恒的经典。这个经典不断地被阐释,以各种形态:小说、音乐、影视、动漫、剪纸……而作为梁山伯和祝英台的家乡——宁波鄞州,近年来,更是以各种方式不余遗力地推介。例如,在梁山伯古墓遗址修建的这个占地三百多亩的梁祝文化公园,以梁祝故事情节"草桥结拜""三载同窗""十八相送""楼台相会""化蝶永伴"为主线,形成一个规模宏大的爱情主题公园。据介绍,围绕爱情的主题,梁祝文化公园每年还会举行"爱情节""婚俗节"等具有国际影响的活动,从多方位阐释这段经典,以期打通传统与现代。

传统与现代,更多指向的是时间的流变,而永恒的爱情,就是贯穿在这流变中恒定的“常”。实际上,在当地人眼中,这段传奇不“奇”也不“变”,因为他们就生活在这“常”的身边,他们相信的不是那段惊世骇俗的化蝶神话,他们笃信的是爱情本身,世世代代,爱情曾经来过,爱情一直就在。在他们眼中,爱情是一种修养,是一种文化,是这个地方传承的一种文脉。

作为一名小说写作者,参观梁祝文化公园有着与别不同的深意。从某种意义上说,民间传说是小说的“母亲”,爱情主题更是小说的“母题”,我可以说是来这里寻“根”的。

当我迈入梁祝文化公园的大门,犹如进入了一次虚构,而我又在这可感可触的实景中,不自觉地印证着这些虚构的存在。在古树参天的万松书院里,梁山伯和祝英台同窗共读、挑灯夜谈,一度,他和她的脑袋快要挨上了,呼吸都要碰上了,她的心一动,脸一红,随即把头偏远了去,心思也荡远了;在凤凰山那条十八相送的长路上,只见花草对人牵衣待话,他在这漫长的告别中,寻思着要给“他”一个拥抱,而她却因男女授受不亲的礼教,痛苦地避免着这甜蜜时刻的到来。她知道他,他不知道“他”,一个在暗,一个在明,但其实,她爱着他,他也爱着“他”,一个说不得不能说,一个说不明不明说,他们在这暧昧含混的离别长路上,相送十八里。如此“虐心”,并且甜蜜。这就是爱情。

参观至此,我还是依照着个体想象去还原梁山伯和祝英台的种种形象、细节,而踏上那条白色的“夫妻桥”,渡过一弯流水,进入到梁山伯庙之后,我看到了集体想象中的梁山伯和祝英台。庙堂正中的梁山伯坐像，峨冠博带，俊朗正气，坐在右侧的祝英台凤冠霞帔，温婉恬静。无论这形象是否真实，他和她，总归是集合了人们最美好的愿望，他有品有相，她有才有貌，一个男神，一个女神。这就是世俗仰望的最佳爱情。对于我来说，我更喜欢看到的是庙宇后边的梁山伯墓，四周柏树苍苍，宿命氤氲，所有的想象，在此终结为一双蝴蝶，非人，非神，而是环绕在我们身边的精灵和气息，扑朔迷离，翩跹斑斓，时而至幻，时而至真，是脱离俗世的蜕变、升华，也是囿于俗世的脆弱、毁灭。贯穿于各种流变的唯一恒常，如此美好。这就是爱情。

无须穿越，我已经完成了这段传奇的神游。再置身于梁祝文化公园的中心音乐广场，听到那曲在天上飞扬的著名的《梁祝》，我的眼眶竟然发热。没有什么比音乐更能准确地赞颂这段经典爱情。词语都不能。

“碧草青青花盛开，彩蝶双双久徘徊，千古传颂生生爱，山伯永恋祝英台……”这是现代人为这段爱情添加的注脚。实际上，在这流转的乐曲中，任何歌词都是多余的，它们过于密实，只会挡住音符与音符之间的缝隙，只会遮蔽那个爱情坟茔的裂缝而拦下无数翩跹而出的蝴蝶。如同在现实生活中，各种欲望充塞，掩盖了爱情的本相。

回过头来想想，我在此寻到了什么？此刻，我的心中充满了羞愧，写作多年，笔下的爱情故事，在这古老的传奇故事之下，竟是如此蹩脚和歪曲啊。我记起在鲁院第22届高研班学习的时候，评论家施战军老师给我们讲《文学的“常”与“变”》一课，他说，永恒的常，生、死、爱；无常之变，时代、命运、变故，世道人心就在这常与变的逻辑中，而中国当下很多作家对常不加以凝视，往往从时代巨变下笔，如此，中国作家在写恒常的美好的爱时总会词穷，而写无爱之爱、破坏之爱却可以洋洋洒洒几十甚至几百万字。是因为不相信爱情而写不出美好的爱情了吗？还是害怕写出这些美好的爱情会让人觉得荒唐可笑、不合时宜？又或者我们的目光被过多的变迁所牵引而看不到那些恒常的东西了？我们甚至写不过古人，我们拥有大量的爱情素材却编造不出一个化蝶的故事，我们已经习惯在一条热闹的大路上扬言要寻觅爱的真相，我们哪里还会记起，爱情的真相自古以来都是明白无误的。

梁山伯与祝英台的故事，距离今天已经1700多年，它或者真实或者虚构，但它至今依旧打动人，安慰人，它让人们相信。这就是爱情恒常的魅力。我想，文学的恒常意义也应如此，滋润和安慰人心，如同人们总会以恒常安慰无常。那么，去写写美好的爱情吧，听着这曲优美的《梁祝》，写写那些蝴蝶飞过的人和事，写写那些大时代底下的小情歌，写写不拘何种装束包裹下那颗如鹿撞的小心脏，把美好的爱情从现实的裂缝里拉出来，翩翩起舞，于无涯的时光中说：“英台，我在这里……”

在任佳溪村的看见

光听名字,就能断定慈溪是典型的江南。不是江不是海,是溪水,就连村庄也喜以溪命名。比如我们此行所要去的任佳溪村。乍一听,还以为是“人家溪村”,有人家,有溪水的一个村庄,也说得过去的。然而,根据当地人介绍,任佳溪村是以穿村而过的那条任佳溪而命名,这条溪又以所居大姓任氏得名。如果一个北方人,看到眼前这一弯绕村而流淌的细窄溪水,心里也许会生出些不安——就这么点细水,哪天怕是会干涸的,溪水不在,以溪命名的村庄将何去何从?要是拿这些疑问去问当地人,他们恐怕也答不上来,他们从来不会去想这个问题,这个村,这条溪,距今已经有一千二百多年历史了。老人和小孩,只担心发大水淹了村里的那个龙王庙,就像 2013 年那场洪水一样。这是江南,润物有声,水皆有迹可循。循着任佳溪,我们会循到村人的骨血,循到任姓人的根脉。

据当地人介绍,这个小小的任佳溪村,庙宇古刹却有九个,这数量甚至比一座城的还多。果然,我们在任佳溪村口,抬眼就看到小山坡上有一座古朴的庙宇。“呼童庵”。这个特别的名字吸引我往山上走去。仿佛有一种声音在呼叫。边走我边猜测,这大概是纪念一个母亲对子女施伟大之恩感动后人的庙宇,又或是类似“孟母三迁”这样的典故。作为一名写作者,惯于虚构和想象的思维习惯时常会阻断了我的视野,或者是,对自身理解力的自信也会终止探寻真相的脚步。我总是会在到此一游的时候抱着“大抵如此”的漠然。因此,近年来,参加一些采风活动,结束的时候,同行人与我交流,问:你看见那……了吗?我时常会一脸茫然地回答:没看到哦。同一路线,同一时间,我怎么会看不见别人看见的东西?在路上,“看见”往往被我的经验和怠惰所蒙蔽,或者,在电脑和手机上,我早就已经形成了以“浏览”代替“看见”的习惯。

如果不是“呼童庵”这个特别的名字,也许我的脚步也会停在我一贯望文生义的猜测中了。因为,眼前这个小古刹,实在是简陋得有些不起眼。黄墙灰瓦,门前两只石狮子没多少威严之气,反而显得天真烂漫,与这小庙倒是浑然一体的。与其说我是好奇打听“呼童庵”的意思,不如说我是暗中想印证自己的推测和想象。引领我们参观的那位任姓村长告诉我,宋元战乱时期曾经有一次大迁徙,中原姓任两兄弟携家眷到此地,白手起家,安居乐业,为了培养自己的孩子好好念书,建了名为“书通”的书院,主要供孩子们读书之用。慈溪这个地方历来是禅佛之地,信众很多,老年人常常来书院念佛，渐渐地，书院就成了念佛堂。1918年，有当地绅贤募化各方，对“呼童庵”重新修造，将庵名改为“灵山禅寺”。“文革”之后，一位叫唯觉的尼姑筹资买下了在原址上的房子，扩建了大雄宝殿和厢房，并由“灵山禅寺”恢复原名为“呼童庵”。“呼童庵”，或出于孩童上学时需高声呼唤，或因为“书通”近“呼童”而得名。这么说来，这庵本是书院，是为读书而建。我这个装模作样的“读书人”，不由得作揖而拜。同时，也为自己刚才“望文生义”的粗心妄想感到一些羞愧。可不是吗，很多时候，你看不见的并不说明它不存在，你看见的并不说明就是你知道的。

离开“呼童庵”，我们开始三三两两地沿着任佳溪漫步。生活在这个村庄的人是幸福的，他们如同生活在一幅旧时的画卷中。村路不宽，洁净，小桥溪水，看不到庄稼，只看到垂柳香樟，庭前盆栽，猫狗相娱，村民一副衣食无忧的模样，优哉游哉。走几步，就能看到村妇在溪边洗衣洗菜，三几个男人坐在溪边的老樟树下吸烟聊天，已经到耳顺之年的老人，则坐在自家庭前辨认途经之过客。这情形，仿佛已经实现了清代诗人方翔藻为此地写下的诗句：“摩诘诗中画，桃源腊后春。任溪如斯好，早与卜芳邻。”他们与任佳溪为芳邻，自得其乐，不贪不念，守着自家一亩三分地，过的是一种我们在城市看不见的生活。

在任佳溪村，除了九座庙宇古刹之外，最令本地人骄傲的当数那座横跨在任佳溪上的“仁美桥”。慈溪诗人张巧慧生怕我错过似的，迫不及待地要拉我去那条桥上走走。这座建于清朝的单孔三板石梁桥，是慈溪市保留得最完整的单孔石桥。桥虽很短，但却很结实，一看就是原貌，未经后人修缮。我从桥的一端走向另一端，一分钟的时间都不用。当我又抱着“到此一游”的习惯，从桥上下来准备离开的时候，张巧慧一把拉住了我，她指着桥墩让我看。原来，两边桥墩各刻有字，左边桥墩刻着“溪湖水合”四字，右边桥墩刻着“狮象山分”四字。这左右合起来该是一副对联，但这对联也未免过简了吧。张巧慧故弄玄虚地告诉我：“这是一副断尾的未完之对，你能续下去吗？”我想了想，问她：“有真实答案吗？”“有，当然有，答案你看不见而已。”我不想跟她玩文字游戏，直奔主题：“看不见的答案藏在哪里？”张巧慧笑着指指溪水。答案就没在任佳溪水中。原来，刻在仁美桥左右桥墩的两句桥联分别是：“狮象山分成秀色，溪湖水合拱神居”，而如今，溪水上涨，“成秀色”与“拱神居”几个字都被淹没在溪水中。如果没有这看不见的六个字，这两句桥联仅仅是一种描述，可以归为质地学、地理学话语，而那看不见的六个字恰恰就是文学，如羚羊挂角无迹可循。从某种意义上说，文学不就是属于那个世人看不见或难以看得见的地方吗？

我没有跟上大部队，又独自踏上仁美桥，往返于桥上数次，我花了很多时间，仔细地看着这桥上风景，又细细地在心里想着那些看不见的领悟。佛家谈人生有三重境界：第一重，看山是山，看水是水。第二重，看山不是山，看水不是水。第三重，看山还是山，看水还是水。看见是一种修炼，穷尽人的一生，可是不知什么时候开始，我竟然放弃了这种修炼。在走马观花的轻浅中，在行色匆匆的浮躁中，在一知半解的傲慢中，在网络刷屏的迅捷中……我的看见如此偏颇和从众。

循着任佳溪，我想独自走走，我想认真看看，我不是任姓人，并不需要来此寻根，我只想循着这条清澈的溪水，循着我的来路，重新遇见那些在求知年代迫切想看见世界的愿望，那些兴致勃勃、求知求真的愿望。

领悟

生活上的宁静跟思想上的活跃，往往就是缠绕我们交战一生的两方。我们在此交战中延伸着生命力。

冷空气

晚上的时候,朋友给我打电话,兴致勃勃地说,今天晚上冷空气要来,一起等等?那热情,好像要等的是一个情郎。

其实她并不是真的关心空气的冷对于这个世界的好处,并不是真的关心因为厄尔尼诺影响全球变暖以后人类所面临的困境,她仅仅关心明天的温度是否能够展现她的欧时力牌毛衣或者是阿桑那牌外套,那些挂在衣橱里呼之欲出的美丽的衣裳。

我可以想象她的兴奋,像孔雀一样快乐地在镜子前一件一件地变换着形象。冷空气带来了她对换季的热情。这样的热情,往往能够感染人。

接电话的时候,我坐在靠窗的电脑前,晚上的屏幕闪射着强烈的亮光,我忽然想,这么亮这么贴近的屏幕,却照不出一个自己的样子,而窗外这么高这么空的天上,却也什么都没有。有些莫名烦躁。我只好把这些烦躁解释为冷空气将要来临的低气压影响。

远方的天空，如果真的按照我的朋友说的那样，一定在进行着一场交战，冷空气驱逐热空气的交战，最后，一定是胜利者冷空气挥师南下，然后让滂沱大雨开路，直到霸占了这个城市的领地。类似这样看不到的交战，时刻都在发生。我相信，天空是一面镜子，它照向我们生存的这片土地，清清楚楚，而我们身在其间，看到的天空，永远都是空的。

我经常有些无病呻吟地跟别人叹息，日子就是一天一天地覆盖着，像每一次心跳都在覆盖上一次的心跳，每一次的呼吸都在覆盖上一次的呼吸。朋友总是戏谑说我是两欲不振，只有抑郁在振。我不置可否，可是，我知道，大概有一种叫做活力的功能是在逐渐消退。活力是什么？就是在那些无形的交战中，胜败的双方？就是在衣橱前花枝招展的美丽展示？就是在健身房里挥汗如雨的操练？还是在二人运动中难以消停的激烈？……

记得一个很要好的老师，关于活力有过很精彩的说法。他说他一直在保持着一个生活上的宁静者和思想上的活跃者。在这个时代，最后能够充分彰显自己能力和思想的，肯定是一个宁静的人，宽广的人，就像陈寅恪、钱穆等人那样。重要的不是把“活力”安置在过度张扬的“奋斗”之中，而是保持一种绝对健康的内心。生活上的宁静跟思想上的活跃，往往就是缠绕我们交战一生的两方，就像在天空中肉眼看不到的热气流和冷空气交战的两方，不息地交战，延伸着季节的循环，而我们也在此交战中延伸着生命力。

那个夜晚，我跟那个朋友分别用不同的方式，都如愿以偿地等候到了冷空气。当它在深夜降临我的门窗的时候，我和她分别用欢欣的心情迎接到了它，就像迎接每一次有意味的审视一样。

“我已经老了”

“我已经老了”，杜拉斯《情人》中的第一句话，令所有女性唏嘘不已，包括那些已经真正老了的和那些正在老着的女人。我猜不透杜拉斯这个永远不能缺乏爱的女人，在说出这句话的时候，有多少言不由衷的成分。但要一个女人切切实实说出这一句通俗而骇俗的话，实在太不简单。女人最是怕老，用任何手段来逃避老，不止是害怕容颜的难过，最重要的想来还是害怕被目光的淡忘和冷落。

和一个同龄人谈到自己将来老了的样子，她几乎脱口而出“绝对不是我妈妈那个样子”。看着在灶台上忙碌着的她的母亲，头发烫是烫了，却没形也没状；指甲剪是剪了，却藏着污纳着垢；衣服穿是穿了，却拖沓着没有质感地让人觉得可有可无……她说她母亲昨天很有气魄地操了一把菜刀冲向父亲的单位要去砍那个勾引父亲的“狐狸精”，今天就耷拉着脑袋老老实实地守着一煲几十年如一日的老火靓汤，唠叨着说“要留住男人首先就要留住男人的胃”，也不看看外头山珍海味，什么汤没有？她说她母亲昨天慌慌张张地和一大帮“姐妹”一块到一个据说很灵验的神婆家做了一场法事，千辛万苦把那个“狐狸精”的照片弄到手，并做一些“打小人”之类的可笑举动，带回一只八卦符还要神不知鬼不觉地放到父亲的公文包里，说是要“斩花”……我的朋友倒是对父亲很敬佩，事业心强并且很有涵养，年过半百依旧风度翩翩。当母亲与她的“姐妹”日日逛街市，夜夜搓麻将时，她与父亲相视苦笑，她看着父亲与母亲从此擦肩而过。“母亲一生中有两大功劳，一是生下我并养大我，二是让我看清了一个女人老了以后，不应该是什么样子的。”朋友不止一次地对她母亲说“你已经老了”，可是母亲从来都不置可否，因为身边的“姐妹”和她一样，老得那么不伦不类，像那锅温吞吞的汤一样，不咸不淡。

歌德说：“永恒的女性，引领我们向前……”女性总会在一定程度左右着男性的思想。年轻靓女很易令人想入非非，虽然各种想法不一，其实年老的女人同样也能令男人想入非非，这些“非非”所包含的东西，却是多了许多意义的。我所认识的一位女性前辈，正好五十岁，却一直那样轻盈清爽，每天读书看报，工作井井有条，脸上的皮肤也很洁净衣着也很得体。有不少见过她一面的男人女人都曾问过我同样的一个问题：“她虽然不是很美的那种，但很有气质，从前一定很多追求者，不是吗？”更有不少与她一块年轻一块老去的男人女人都曾告诉我，她从前是那样的大家闺秀、知书达理，令人又敬又爱。这类的想入非非,却不是年轻靓女所能拥有的。其实她也有家庭的琐碎烦恼、一地鸡毛,她也有身体上的不健康,诸如失眠、便秘等毛病。只是她一直懂得以一种不受任何束缚的女性最天然的一面示人,淡淡地年轻着淡淡地老着,然后留给别人浓浓的印象。有时我看着她亦庄亦谐说话的样子,常常会发呆;有时我看着她略微松弛却依旧清秀的面容,也常常会发呆。一个女人,令另一个女人看呆,尚且不易,更何况是一个已经老了的女人?

虽然一万个女人就有一万种说“我已经老了”的语气及样子,可是我们有能力像说“做女人挺好的”这样的语气同样去说“我已经老了”。

感情的零食

人们喜欢在有音乐的地方跟人聊天，也喜欢在有音乐的家里自己发呆，就好像，跟人聊天的时候总要一些西梅、杏仁之类的东西，在家里的沙发一窝下要随手拿起巧克力、百力滋之类的东西。可以不知道口感，但绝对不允许夺去感官的平和；音乐可以不动听，但绝对不允许抢去你的思维。

音乐是感情的零食。

不记得是从什么时候开始，喜欢一回到家里就放音乐，吵闹的或者安静的，一下子就发现进门的不仅仅是自己而已。和思想亲昵的交谈，和爱情亲密的碰触，音乐放大每一个细节，或者说音乐对付每一种情绪。可以清晰地在每一堵墙上看到感情慢慢爬行的轨迹，以各种音符为标记。

说喜欢享受孤独的人，是要连同音乐一起跟自己享受的，这个意义上说，音乐等同于孤独，它在音响里独自开始独自结束，音量的光柱在屏幕里独自跳舞。享受也是自己的，在人的内心里以自己的每一种姿态开始又终结。

一连好些个晚上了，一个朋友一入夜就往她家里窝，这个有丈夫的女人，不是因为吵架离家出走，不是因为家庭发生质变而不愿直面，仅仅因为这个地方音符贴满了四壁，这个地方有很多随手可以开封的感情的零食——钢琴、萨克斯、风笛、怀旧的慢歌甚至恶俗偶像歌。她们可以互不干扰地在同一间屋子里做着自己的事情，可以脚尖对着脚尖在一张大沙发里各怀心事，谁也不想去猜测那些随着音乐起伏而飞扬的东西，任由一屋看得到的精灵飘飘渺渺、游游荡荡。

她住了几晚终于要回家。她的丈夫要来这里接她回家，回那个只能听到新闻联播和电脑键盘敲打的家。她舍不得这里的音乐，可是她最终还是要回家。她丈夫按响门铃，跟她说，回家吃饭了。

这里寄宿过一些她的前尘旧事，变成了一瓶瓶开过又没有喝光的存酒。

她回家吃饭了，或者是水煮牛肉，或者是芹菜香干，或者是白斩鸡，碗碗碟碟，杯杯盏盏。

音乐只是零食，吃多了会营养不良，影响健康。这是对虚幻的人说的。可是，不是说主食是粮食，吃多了会发胖，会诱发多种疾病吗？

就像快乐多了要有忧伤的中和，忧伤多了要有快乐的调节。

生活却往往缺少这样出色的精算师,挥霍和吝啬,务实和虚幻,自闭和滥交,穿行在这个世界的斑马线上,无视红灯和绿灯,边走边唱。

纪德说,忧伤只不过是热情的余烬。反之亦然,热情只不过是忧伤的索引。而音乐,是不可缺少的感情的零食。

生活的作料

到现在妈妈每次说起小时候的事情,最常说的一个细节就是在我刚上一年级的时候,个子特别瘦小,一放学就到妈妈单位等她下班,在办公室里不理会别人,捧着一本厚厚的《365 夜》雷打不动,单位里的人总要说,小妹妹,这本书还重过你啊。妈妈当然是沾沾自喜,哪个家长不喜欢孩子这样自觉看书呢?当时自己也不觉得什么,反正看书自己高兴大人也高兴,就使劲地看了一本又一本,当然这些书都是从爸爸手里或者书架上拿到的。

等到有一天,发现自己看书的这个习惯已经令家长感到不安的时候,抬头看看世界,原来光阴已经在我的书桌前凝视良久,我已经从小学升到了初中,我的书包越来越大。爸爸妈妈那个时候经常唠叨的一句话现在还记忆犹新——要读有用的书。什么才是有用的书?比如课本,比如参考资料?基本上除了这些书以外,中学里爱看的那些书都是在被窝里用手电偷偷看或者是用包书纸包住封面提心吊胆看完的。都是些什么书？他们说是些无用的书，比如琼瑶的书，比如金庸的书，比如张爱玲的书。可是这些无用的书却看得我心潮起伏、肝肠寸断，以至于被家长、老师没收了好多回都不能罢休。当时对抗禁锢的唯一方法就是藏藏掖掖，说不出理直气壮的理由，能够说"我喜欢看，我高兴看"这样的话吗？若干年以后，当我翻开《当代文学史》教材的时候，这些被他们称作"无用的书"总是占据几个页码。当时怎么没有人告诉我、告诉他们这个堂皇的理由呢？

阅读书籍的字里行间，是时光来引路的。

工作以后，好长的一段时间里，自己不知不觉开始遵循那句听出老茧的话——要读有用的书。比如开始一份新工作的时候买了很多相关的工具书、行业书；评职称的时候买来好多专业书，看了好多考试书；想赚钱的时候买了不少类似《谁动了我的乳酪》的财富经历的书；想生育小孩的时候买了很多《产妇育婴指南》类的书……这些都是特定时期有用的书。

书架上的书倒是不见减少，但是，闲下来的时候从没想到要去翻它们，觉得没有必要。很多时间干脆就用来发呆，心里空荡荡的。

有一晚听一个同事聊天，说到她最近看的一本卡尔维诺《树上的男爵》，眉飞色舞地讲这个因为赌气一辈子生活在树上的男爵，因为比人类生活得高所以看世界要远要深，但是也因为没有接触土地而失去了生活中的许多应有的体会。他赌气地回答他爸爸问他“在树上生活有什么好”这个问题,他撒了泡尿说,在树上撒尿是最远最高的,刚说完天就下雨了,爸爸说别忘了上面永远有一个人在人类头上撒尿。我听着同事的精彩复述,开怀大笑,作者写作的机智和读者阅读的快乐,创造出多么愉快的时光啊。

当我在一个阳光明媚的清晨读完三岛由纪夫的《金阁寺》的时候,神清气爽地坐在阳台上,四周仿佛闪着金光一般透明。什么书才是有用的书呢？书籍根本就是生活最好的作料,跟任何期待没有关联。

失语时代

在很多东西包括思想都可以原样 copy 的时候，我经常处于一种失语的状态。于是我为我的手机开通了短信息，用我一贯熟悉的屏幕汉字，接收着与人的交流。有时阅读着那一排排翻页而过的话语，我想象不出任何关于对方的语气和表情，我机械地应答着他们的问题，像是填写一张生活发放的表格。

什么时候，我们的对话成为了填表，我们的交流成为了蒙着面的不通气的敷衍？

什么东西一开始就是一种惊喜，就像广告里一直强调，在手机上出现的语句，是无声的关怀是惊喜的预约是甜蜜的私语？

亲眼目睹一个朋友在几分钟就操作了一出出戏的周旋，他把一句非常肉麻的情话分别发送给了不同的几个女性，几乎同时这几个女性都分到了出自同一个男人的三心二意，而她们却甜蜜地相信着自己是唯一的。荧屏上的汉字正常得没有为他的谎言露出一丝端倪。然后，它逐渐会变成一种手法，逃避直面躲闪尴尬的手法，简洁的不带语气的语句，没有了对话空白间隙的无措，没有了有上句没下句的搪塞。

女友经人介绍认识了一个不错的男人，交往也很稳定，正当她满意地渐入佳境之时，一天忽然收到他的一个留言，说他认为彼此的性格兴趣不甚合适，做朋友好了。于是从此不再见面，在同一个城市汇入了茫茫人海里，无须什么交代，心领神会彼此就成了过客。女友很快又转向了下一场情感培养。

我经常一个人在家里一天不出门，我发现我会想念声音。不仅是来自电视来自音响的人的声音，我更加盼望桌面的电话铃声响起，然后一拿起来，不同性格的朋友或者急促或者从容的声音，或者夸张或者平淡的语气为我联系着这个五花八门什么都有的世界，我甚至喜欢通过听筒里的背景声音猜测对方所在的场所，那些吵嚷的市声，让我听到生活真实的声音，让我间接地触摸这个物质的世界。

《鹅毛笔》电影里一个性爱小说家，因为描写人的自然性而被禁于精神病院，还是想方设法地要写，并想方设法地出版与人共享。卫道士权力者想尽一切办法阻止他，没收笔没收纸没收一切。最后，在狱中，小说家把要写的故事通过口口相传而最终成文，那些此起彼伏的相传的声音，致使人们情绪高涨，其中一个人竟在这些声音的驱使下冲破封建藩篱一把火把整个精神病院烧掉了。小说家被剪掉了舌头，生命便到了尽头。

一种没有声音的生活是否等同于一场无法燃烧的篝火？

翻案时代

“让我哭也好，让我笑也好，随风飘飘，要起最逍遥。英雄不怕学习太糟糕，学习不好倒数也骄傲……”这首流传在学生当中的《任逍遥》，唱得比原创歌词似乎还上口，第一次听到的时候，一笑了之，甚至还叹服民间智慧的无限，这种口口相传的结果，使得这种智慧得以伸展。

规范化了的现代人总是有种解构的快感，习惯地称之为——爽！虽然窜改熟悉歌曲的歌词已经不是一件很稀罕的事情，相声、小品、手机段子甚至是播放频繁的广告片都使用过，但是，改成粗口以及淫秽的歌词，近期才迅速升级。最近，市面上开始流传一些“哈狗帮”“摇头玩”“粗口歌”等国家明令禁止销售的电子音像制品，这些音乐光盘的内容除了以赤裸裸的叫骂为主外，还宣扬着一些不健康的观念。将这些窜改过的歌曲汇集在一起并且广泛销售，迎合现代人解构的快感，商家占领了市场的时候，从来不曾考虑到当所有能够解构的东西都被解构掉了以后，还有什么是完整的？当那些充斥在歌词中愤恨的颓废的情绪蔓延到人们的人生观世界观里，还有什么是成立的？

这是一个翻案的、解构的年代。为经典解构，为盖棺定论的东西翻案，消解习惯，模糊对错。电影《莎翁情史》在为《罗密欧与朱丽叶》解构，电视剧《水浒》为潘金莲翻案，《大话西游》大有取代吴承恩经典《西游记》的趋势，康熙、乾隆、还珠格格等死无对证的人物无端多了无数的笑话、情事……

我们喜欢用一些冠冕堂皇的理由来为自己的快乐伸张“正义”，将这种消解的权力支配认为是后工业时代高度发展的后现代主义必然趋势，举着自由的招牌搭乘欲望的黄包车，肆意戏谑历史，肆意调侃规范，肆意宣泄自我。我们不喜欢被动地接受，喜欢自主，于是向左走向右走以求故意失去一些美好的东西然后又自恋地凭吊失落。

于是，我们在后工业时代制造的精神垃圾里迷失了自己。

就连一句描述“障眼法”的经典名句“雄兔脚扑朔，雌兔眼迷离，双兔伴地走，安能辨我是雄雌？”已经扑朔迷离成了“恐龙亦羞涩，靓女亦张狂；都在网上聊，安能辨我是啥样”。

患上抑郁症的胃

很欣赏纪德的一句话:忧伤是热情的余烬。所以当我忧伤的时候,我会开导自己,那是因为自己获得过热情或者说快乐,有点不痛快是必然的。如果连快乐的能力热情的能力都没有了,那么忧伤便是徒劳了。当我们感知悲的时候,一定是曾经乐过了,无论是独乐还是众乐——我愿意这样去诠释悲伤。这个程序,就像在餐桌上,刚吃了滚烫的麻辣火锅,需要喝些加冰的可乐或啤酒,让我们的胃经历了欢欣的刺激,再回到冰点的绝望。同样,我们的心感受了热情的活泛,再回到感伤的冰冷,此起彼伏,便构成一种人生。

但是,如果我们的心真的可以像我们的胃一样,让不同需求的东西去填充,让不同形态的东西去糅合,那么,我们就不会再有真正意义上的饥饿,那么,患上抑郁症的就仅仅是一只胃而已。

一只患上抑郁症的胃没心没肺地抑郁着。它不顾一切地猎取各种形态的食物,并以一种机械的方式将这些食物消融掉。可是,胃的猎取是被动的,抑郁不能成为胃获取猎物的动力。因此,胃只好在抑郁中不断地抑郁下去。

最近读阿兰·德·波顿的书,他曾在《哲学的安慰》里将哲学庸俗化,但在今天,在哲学被囫囵吞枣地代替了现代人"DIY"(自助)的宗教的今天,他的"安慰"还真有些管用。

如果哲学能够让每个人都可以"DIY"地消化掉人生的一些疑云,那么,哲学就是一只大胃;如果时间可以"DIY"地消解掉一些必须经历的忧伤,那么,时间就是一只大胃。

阿兰·德·波顿在《爱上浪漫》中有一个说法:人生有两种,一是楼梯式的,人一点一点地攀上楼梯,一定会在适当时机出现一个广阔的大平台,让人最终获得安慰;一是滚筒式的——他用了一个洗衣机的比喻,所有经历包括快乐、焦虑、抑郁、甜蜜等等,就像洗衣机里的牛仔裤、袜子、乳罩、棉T恤之类翻滚着,今天一条牛仔裤来了,明天是一只袜子,后天是一件T恤……循环往复。我比较倾向后者。滚筒式的洗衣机就像我们被动的胃一样,消化了某样食物后,迅速地又来了一样,或许跟昨天的是同一种,或许是另外一种……

可是,无论是洗衣机还是胃,都是没法选择要洗净或者消化些什么。即便某一天,洗衣机和胃都患上了抑郁症,它们也只能更加勤奋地用力去洗净或者消化那些被扔进来的东西。那么,这些东西到底是被谁扔进来的?好东西和坏东西又怎样才能有选择地被扔进来?这些疑云,估计是哲学或者时间都难以"DIY"解决的。

最终发现,我们活着,无论以何种方式,还是得好好地贿赂贿赂我们的心,把心贿赂成一只大胃,人生或许就可以"DIY"了。

“反名牌党”

最近冒出了很多“反名牌党”。先是反名牌学者汪晖、朱学勤，接着反名牌经理唐骏、禹晋永，每一反，几乎都弄得惊天动地。想想，这些名牌，要是不拿出来反，知道他们的人，远远不如赵薇黄晓明范冰冰甚至二三线的小明星。没想到，一反，这些名牌就成“红牌”了。

反名牌，说白了，也就是曝名牌的丑闻。这看起来跟娱乐版面上每天司空见惯的八卦丑闻、绯闻没多大区别，可实际上，区别大着呢。那些被粉丝追捧的明星，总有负面消息传出来，不是假唱就是隆胸，不是吸毒就是打人，可何曾见到过一个明星因为这些负面消息而被摧毁了偶像地位最终一蹶不振？对于一些明星来说，丑闻绯闻往往是他们披挂在身的武器铠甲，披挂上阵，他们就成了“不存在的骑士”，与对手战与观众的眼球战与片酬战，等到哪天硝烟散尽了，哪天他的娱乐生涯就结束了。而诸如汪晖朱学勤这样的文化精英，他们的地位，并非一夜能成就，而是积数十年吭哧吭哧地做学问，反抗绝望反抗那些看不见难搞明但听起来却深奥高尚的东西而得来的，是文化和精神哄抬起来的。而文化和精神，很多时候，跟他们做的学问一样，是那么的虚幻，虚妄。既不是一部电视剧里的女主角，性感养眼，也不是荧光棒前的歌星，星光灿烂。文化名牌的台下，坐的是一批心存敬畏，一批希望与绝望并存的矛盾的大多数，是一批冒着"人类一思考，上帝就发笑"的讥讽却依然还时时刻刻让上帝爆笑的"傻冒"啊。他们宁可让上帝取笑，也绝不愿意让这些文化精英取笑。所以，一旦发现了这些假那些伪，他们必然会委屈地、泪光盈盈地、哽咽地说一句：伤自尊啦，不带这么玩的！

反名牌党的武器杀伤力就是伤自尊，伤文化的自尊，伤精神的自尊。

在网上，新近还出现了一个"汪袭网"。报仇似的将汪晖的抄袭情况做学问一般分门别类归纳总结，分有"文字抄袭部""观点剽窃部""引用伪造部"等等，那样严谨详尽，不亚于在做"红学"。看来，"汪袭"在不久的将来，也会成为一门"汪袭学"。做学问的人，以做学问的精神和方法来"治汪"，想起来，真是心有戚戚焉。

早知有今日，我想，在20世纪80年代，当年的汪晖同学，在灯下翻看别人的成果，翻得再手痒，打死也不往纸上誊抄，最多，换种句式写意出来。事实上，这种方法，在汪同学以后的学术人群里，已经成为拿手好戏啦。

反名牌党的出现，利弊都有。在这里，说说利的。这段时间，相信灯下少了些为工分而制造学术垃圾的人，一是他们都看热闹去了；二是，他们在学术严打阶段，不免收敛了许多。可不是嘛，反名牌党出没，各家的鸡鸣狗盗都关严啦！

请别再叫我“亲爱的”

亲爱的，这个称呼，近两年来几乎代替了同志、女士、小姐甚至靓女……即使仅仅是一面之缘，“亲爱的”也叫得亲亲热热的，甚至还发展到，街边那些递送传单的、推销员等等，在路上，拦着你，张口也会来上一句：“亲爱的……”现在，“亲爱的”这三个字，又简单有力地发展成了一个字——“亲”。

最近在网络上流行一种肉麻的“亲密体”。自从某一天，一位客户打开邮箱，发现了淘宝网发来的一张肉麻兮兮的贺年卡，上边写着：“亲，当你收到这张贺卡的时候，哥仍在坚强地活着，记得确认收货，施舍一个好评，让我们和谐地走过这一年，爱你，疼你，新年快乐。”瞬时，这种“亲密体”到处被模仿。“亲”便等同于一个“喂”或者“嗨”，脱口而出。这种变异，貌似和谐、亲近，实际上，现在屡屡听来，不仅觉得肉麻，更有着口蜜腹剑的隐忧。现代人被公认的“都市病”，其中一项就是冷漠。人与人之间的冷漠，邻里之间的老死不相往来，再加上网络的便捷，人与人之间隔着屏幕，敲敲键盘，往往键在交易在，网络既扩大了交际圈，同时也降低了人们相互之间握手、牵手乃至拥抱的机会。打个比方，我们每个人身上都长着防御的刺，每个人都像一只刺猬在这个世界上生活着，那么，刺猬与刺猬之间要怎么才能拥抱？

“亲爱的”就是我们发明的嘴巴拥抱的方式。我相信，要是追踪溯源起来，这种嘴巴的拥抱方式，必然来自网络。设想，刚开始，要是在大街上，遇见一个朋友，真要张口大叫“亲爱的”，还真的不是那么容易的呢。中国人一向含蓄低调，亲啊爱啊这些话，哪里会那么容易脱口？我记得曾经有人写过一篇文章，说自己对一群出生于20世纪四五十年代的老人做了个简单的调查，居然有过半的人，这辈子没有对自己的爱人张口说过一句“亲爱的”，小半人只在写信的时候称呼过“亲爱的”，更有过大半的人，这辈子没开口说过一次“我爱你”。半个多世纪过去，“亲爱的”“我爱你”满天飞了。

中国人情感表达方式日趋西化，是件好事，压抑的年代过去了，而随之带来的，就是情感的泛滥，情感一泛滥就容易虚假。既然“亲爱的”“亲”这种珍贵的字眼，都能像一只只媚眼，随时可抛，随处可捡，反正又不用负责任，更不容易引人误会的，那么真心呢？真心该如何抛？该到哪里才能捡？两相权衡之下，我宁可选择节制，节制才让人感到珍稀乃至珍惜，所以，请别再随意叫我“亲爱的”，这张口就来的称谓，经常让我感到迷惑——这个人，到底是谁？

疑似抑郁症

不知不觉地，抑郁症这个医学术语，从鲜为人知到众人皆知——不仅知道，还不时拿来运用。比方说，每当看到新闻报道某某某跳楼自杀了，如无意外，最后的总结总会来上那么一句：某某某怀疑患上了抑郁症。我的妈妈每次读完这些新闻之后，很是费解地问我："又是抑郁症，哪里来那么多抑郁症啊？到底抑郁症是什么名堂嘛？"

是啊，抑郁症几乎成为了这些跳楼者一种最接近人性的说法，一种可以完美地解释其自杀行为的借口，既时髦又安全。就跟真正的抑郁症有着难以解释的病因一样，这些疑似抑郁症也有着难以启齿的秘密，甚至罪责。于是，疑似抑郁症，成为了非医学范畴的社会问题。

有些终日哼哼唧唧黏液质血质的文学青年，经常在跟我聊天的时候，谈人生这个重大命题，总是很文艺地用“终极意义”这个词来作茧自缚，最终呢，无非要酷地吐出一只烟圈，弹了弹夹在指间的细烟烟灰，冒出一句酸酸的话——人生比一斗烟的工夫所长无几，命运就把我们像烟灰似的敲了出去。最最后，甚至很灰色地带着撒娇意味地对旁人说：“咿呀，我觉得自己得了抑郁症了呢！”唉，在这里，抑郁症又成了某些搞文学的人发神经的一个借口。

前两年，广东女作家李兰妮出了一本书《旷野无人：一个抑郁症患者的精神档案》，我看得触目惊心。李兰妮是我认识的前辈作家，每次开会遇见，她都是一副精心时尚的打扮，看着很小女人的优雅，神采奕奕的，哪里会是一个抑郁症患者的样子？但是，在这本“自传”性质的书里，我看到了她的痛苦，她的煎熬和挣扎。尤其看到她那些日记，似乎用一把手术刀在自己的身上剖来划去的，而且，还不上麻醉药。透过文字，我都能感到入肉的疼痛。这是一位身患六年抑郁症的作家，本着对生命的负责，对人世的善意，将自己的病相进行剖白，毫不留情地把自己的病历做成了本“精神档案”，这样的行为，这样的勇气，岂是那些终日哼哼唧唧的所谓作家们能拿出来的？

抑郁症，在李兰妮的世界里，是一支长矛，每每戳到了自己的心灵深处，就算流血不止也勇于直面。而对于某些人来说，抑郁症却是一个盾牌，将自己的肉身和内心牢固地抵挡起来，把自己武装成一个弱势群体，大打悲情牌，所以，与其说他们是疑似抑郁症患者，不如说他们是患上了精神软骨症。

别再歪曲抑郁症这个医学术语啦。就好像某些庸医，把所有病的病根都归于免疫力下降一样，把所有的懦弱、逃避、想不开都归于抑郁症的名下，这本身就是一种病。在这个世界上，有很多勇敢的抑郁症者，他们正在默默地为治愈自己而挣扎、搏斗，他们努力地不去厌弃这个世界，所以，让世界尽量变得轻松一点吧。

艰难的一厘米

鲁迅在那篇著名的《忧“天乳”》里说道：“女性身上的花样也特别多，而人生亦从此多苦矣。”时至今日，还是觉得这话颇有些道理。仅仅两只乳房，就扮演着不同历史阶段、不同文化风云中的不同角色，成为不同人手里的把柄抑或道具，实在是耐人寻味的。

我记得曾经在报纸上看到过一则消息说，根据某位服装研究专家六年来的调查研究，得出一个喜人的消息——由于生活品质提高，与20世纪90年代相比，当下中国女性胸围和身材已经发生了骄人的变化，不但身高在增高，平均胸围十年间也增加了一厘米。

为了一厘米，女人十年来不断地在奋斗？或者说，为了让男人多获得一厘米的愉悦，女人又不断地奋斗了十年？

近些年来，很多人在为证明中国人的生活质量提供或者创造了多方面的数据，以期鼓舞人心。最为典型的就是每年播报的GDP，排行、攀比、分析、预测等等，都成了中国人自豪的谈资，年年见长，中国人能不自豪吗？由此，我忽然想，要是女人的胸围也成了一种“GDP”，年年见长，那么，我们是否也可以到处跟人讲，我们国家的女人现在生活好起来了，不仅获得了男女平等的地位，甚至比男人的地位还好——你看，她们的胸围一年年在增长，男人都没长，她们女人就先长了。

当然，这些说的是笑话。不过，这则消息的背后，倒是令人获取到一些可喜的信息。女性的胸围指数受关注，意味着中国人的生活观念已经将浪漫主义与实用主义高度结合起来了，这两个主义就跟乳房是左右一对那样，如影随行，不言而喻。这不能不说是中国人生活质量提高的一个表现。

有专家分析，中国是全世界内衣及其相关行业增长最快的国家，过去几年每年平均以两位数的速度增长，未来五年内，中国的内衣市场将有5000亿的销售额。内衣业已成服装界最具前景的行业之一，专家预测年增长率将达20%。作为业外人士，我完全不清楚内衣业的各种专业知识，不清楚内衣业的增长率跟女人胸围的大小尺寸有着怎样息息相关的纠葛，然而，供应总是跟需求密切关联的。5000亿的销售额，意味着5000亿的消费额，光两只乳房就能花销5000亿，那么花在别的部位上呢？比如嘴巴，比如眼睛，比如上半身，比如下半身？这是可喜的。如今我们已接受了这样一种观念：懂得消费就懂得创造；消费越多，创造越多。创造与消费，就如一只乳房与另一只乳房的关系一样，相辅相成，缺一不可。

从这艰难的一厘米里，我忽然领悟到了乳房的权利其实并不在于女人，那些拿乳房来说事的历史中，乳房仅仅是道具，比如那次著名的“天乳运动”是为了争取女性解放的道具；比如关于拯救乳房的各种文化理论是女性与男性争霸的道具；比如现在流行的“内衣秀”使乳房成为隆起现代人锦衣玉食的生活道具，以及那则关于胸围增长的消息——类似国人 GDP 增长的经济道具……

偷　停

写小说的时候，就是我的心脏偷停的时候。

尽管这样的话听上去有点夸张，有点文艺女青年的做作。但是，我坚持做这样的“偷停”运动。然而，搞笑的人会问我，你将会为了如此地写小说而心脏衰竭地死去？没错，那就是现实逻辑的真相。但我的回答却是，才不会呢，我的心脏会因为偷停而变得活力四射，我的心脏会在停停行行的频率中而成为一只永恒的闹钟，我会因为偷停而知晓人世的秘密。或许，这是我所理解的小说逻辑的真相。

知道真相的人，会想方设法摆脱真相。我想，写小说就是一个摆脱真相的过程，或者说是假设另一个真相的过程。

每天上下班，都必须经过一个天桥，天桥不长，却集合了很多种人，有在自行车后架卖打口 CD 的，有地摊上卖灭德国小蠊药的，有挑担子卖办公室小盆栽的，当然还有长跪不起的乞丐。这些人，被当地人称为“走鬼”。这些小商贩，每次遇到工商人员，就会大喊“走鬼啦！”紧接着一阵慌乱，天桥上的人和货都像“鬼”一样消失了。待到风平浪静，那些走掉的“鬼”又重新归位。如此折腾，据说每天能有一次。后来，管这一个辖区的那个工商管理员，每天只故意在天桥上露一次脸，欣赏一下这些“鬼”的狼狈样子，也并不是真心要执法，只是为了那一声“走鬼啦”的吆喝。久而久之，天桥上的“走鬼”们习惯了这个工商管理员，对他的出现不再慌乱。终于有一天，工商管理员对于这些熟视自己而无睹的“走鬼”们恼羞成怒，他严格地没收了一个卖水蜜桃的农民的秤，踢翻了农民的箩筐，从而引起了骚乱。那些“走鬼”们将这个已经失去了威严的工商管理员围起来，最后，在骚乱中将他捅死了。

“走鬼”躲工商，这是日常伦理的规则。可是，伦理通常也是会被修改的，它的力量来自经验。或者说，经验不断地修改着伦理。由此，我知道了经验的重要性，也知道了经验的蒙蔽性。因而写小说的时候，总是在跟经验谈判，跟经验拉拉扯扯。

然而，经验大抵雷同。尤其是在这个信息化的时代，对经验我们甚至不需要记忆，只需要全选—复制—粘贴—存盘。作家可以跟着潮流任意地剪裁自己的思想，抄袭现实生活这本没有版权的大书。

似乎全世界都知道作家写作资源的枯竭，似乎全世界的人都知道专职讲故事的小说还不如八卦报纸、社区新闻精彩。这样下去，小说会死亡吗？因为叙述衰竭而死亡？

我想，只要写作者心脏没有衰竭，小说就不会衰竭。关键是，写作者在哪里？很多时候，阅读一个小说文本，我们找不到写作者，听不到写作者心跳的声音。写作者被目色迷离的现实所迷惑，沉湎于一次次叙述技巧的完成，贪恋于一个个语词纠葛的魅力，结果小说被琢磨得完美无瑕，可那往往被我们看成是一次写作者手工劳动的练习。

写作者必须在每一个经验的呈现中。只有这样，他蹚过经验的河流，一次、两次、三次，他跟疯子似的在做一些重复而乏味的动作，然而，每种经验因为有了他身涉其中，将变得丰饶多味。

在有限的经验里，想象往往是另外一面镜子。它寻找着位置，对照着眼前经验这面大镜子，让我看到了一直盘踞在我后脑勺的那些异物，或许是一个碗大的疤，或者是一个模糊的胎记，也有可能是被人恶作剧地贴上了一个图案……镜子对着镜子，映像重叠，经验得以消失。

正因如此，我对小说对抗经验的重复有了无比的信心；也正因如此，我乐此不疲地重复这种心脏偷停的运动，享受这种灵魂出窍的过程。我用偷停出来的时间，将自己当作不同的人，进入一个与自己的肉身没有任何关系的另外一个世界里，得以跟一些隐匿的东西团聚，跟一些隐秘的内心活动窃窃私语。

"But"女士

与那些"斗士型"的作家不同，我是个"生活型"的作家。我在日常生活里寻找写作的资源和想法。我特别喜欢艾丽丝·门罗的小说，因为她是一个提着菜篮子捡拾故事的作家，而不是一个提着长矛骑马冲杀在前的播报者。所以，在她的小说里，我得以跟她握手、会心一笑，或者，在生活中我会找到她小说里的那种人，又或者，在我的家庭中，偶尔也会出现她小说里的某类困惑。我也很喜欢她的生活态度："生活总是那么的忙乱，为了得到什么并用掉它，我们总是白白耗费了我们的力量。"没有人能确定自己究竟想要怎样的生活，所以，我们在无数次地按下"确定"键的那些时刻，我们发送出去的那些念头和想法，就像一颗颗不确定所终的子弹一样。写作从某种角度来说，就是要描画出这些子弹的飞行轨迹。

我有一个闺蜜，是个只读不写的人，她在一家外企上班，那里没有读书的氛围，我们时常在一起讨论书籍和文学，她的理解力和感受力每每令我折服。她在公司有个外号——“But”女士。因为她的老板每次邮件给她发布某个决定或者布置某项工作，她时常会有礼貌地表达理解之意，之后，用一个“But”作为转折，从容地指出了与之不同的看法。是的，她总会有不同的看法，她的合理意见很多都被采纳，她人缘很好，她并没有成为我们在单位里常见的那种“刺头”，他们仍然会觉得这个“But”女士很“nice”，是一个与人为善又有主见的聪明女士。

通过小说，我感觉艾丽丝·门罗也属于这样一个“nice”的“But”女士。她在小说里充分体现了对生活的理解力，她平静地呈现一种生活状态，一切看起来顺其自然，然而，等等，“But”，生活并不完全是这样的，它还会出现种种意外、困境，它尽管很“亲爱”，但也会让人惊悸不安，让人火滚，让人讨厌，以至于产生强烈的“逃离”的冲动。

人只有在临死的那一瞬间才能长吁一口气：“我担心的事情总算没有发生。”无数个“担心”构成了生命的复杂和丰富，无数的“意外”构成了生活的鬼魅和意义。在貌似日常的生活里，孤独的写作者却能看到它的非日常，以至于他们总是在对他人说：是的、没错、很对，可是，等等，“But”……正如门罗这一类作家，他们就是从那个“等等”开始，耐心地讲述出“But”之后的那些东西，这是他们最想说出来的。我喜欢这样的作家，并努力地学习成为这样的作家。

当然，在让读者“等等”的那一声之后，真的能让读者“等等”，这需要作家在“But”这个转弯处，付出自己足够的耐心，表达出足够的诚意和理解,而不是一个霸道、哇抓的独断者。学者陆建德先生说过:“在中国文学里面,我们很多的是——我受到了冤枉,我怀才不遇,我为自己的痛苦、不被认可而哭。这样子的哭的原因不能让我敬重。”真正为他人而流下的眼泪,是值得敬重的。在艾丽丝·门罗的小说里,就有这种令人敬重的眼泪。这构成了艾丽丝·门罗小说的善意和包容。我认为,对于写日常生活的作家来说,这是一种珍贵的态度,她的“nice”不是讨好生活或他人,而是持着足够的包容和宽阔,耐心地理解着他人。

作为一名20世纪70年代出生的女性作家,我想做一个提着菜篮子捡拾故事的作家。这往往会被笑话,甚至诟病。亲爱的,不要讲那些鸡毛蒜皮的市井故事,要讲社会问题,而不要讲你隔壁家老王那些哼哼唧唧的困难……被这样劝说和要求,有时候会使我感到很沮丧。难以做到这些,这也许是我的局限所在,但另一方面,我却并不焦灼,我的安心来自我熟悉的生活模式:隔三岔五地,我会提着菜篮子,步行到我家对面的南草塘街,晒在木架子上的蔫蔫的雪里蕻,竖在墙上一捆捆带皮的甘蔗,鱼贩子刚放进鱼池那条活蹦乱跳的“翘嘴白”,总是在给一只活鸡褪毛的美丽的“毛鸡小姐”……这些都会成为一种说不清楚的意义,让我感到了活着的趣味。或许,这些说不清楚的意义,就是我写作的意愿,我在小说里反复地试图去弄清楚它们。

最近看到墨西哥一句谚语:“他们试图把我们都埋了,但不知道我们其实是种子。”我改了一下:“繁冗的世俗生活试图把我埋了,But,写作把我变成了一颗坚硬的种子。”那样,我可以默默地、固执地在“等等”的地方等等。

让步于时间和空间

我手里拿的一本书,封面上的宣传口号是"一个中年男人的不伦之恋"。纳博科夫的《洛丽塔》。

终于传到了今天的手里,尽管作者在写这部书的时候就预言"当读者打开这本书的时候,我们俩都已不在人世"。这本书在1954年完稿,先后遭到四位美国书商的拒绝,后来在欧洲出版,引起激烈的抗议和谴责。当然这只是这本书在西方的声音,中国闻所未闻,这类如《查泰莱夫人的情人》之流的禁书被严实地尘封在关外。整个20世纪,我们在小心地淘选、回避、力争,最后,还是不得不让步于时间和空间。这是理解的作用史的作用。一种理解曾经在它产生的年代被排斥、否定,若干年后随着审美标准的嬗变而重新得以肯定;一种理解曾经在它产生的年代也许被公认为真理,若干年后却因为陈旧过时而湮没,有的还被抛入谬论的囊中成为反例。是什么让我们为属于前者的理解而向时间和空间让步呢?

当我和女友坐在露天广场一边吃着雪糕,一边看着穿梭来往各色人等的时候,我们感受到一种宽容,就好像我们共同地阅读《洛丽塔》的时候,我们自由地呼吸那种触动了社会道德神经的迷迭香,那些还没有得到公众许可的暧昧的战栗。然后,我们轻描淡写地合上书本说,不过是个老男人的"恋童癖"。中年的亨伯特疯狂地恋上了十三岁的小女孩洛丽塔,为她颠倒了生活也沦陷进一种道德困惑里面,结果是小女孩勾引了他又甩掉了他。这是两种人生的颠覆。主人公最终因为杀了他的情敌而暴露于公众下,坐在精神病院里写这部书以挽救自己的灵魂。有人读出了不耐烦和失望,多半是循着争议的声音而去看看它的"不伦"程度,结果被作者近乎精神病人呓语的叙述模式弄烦了;有人读出了无奈和同情,多半是本着所谓人文关怀的胸怀去理解人性的多样经验,而最终找到了一种共识;有人读出了落井下石,老亨伯特,很多事情是不可违逆的,谁不喜欢新鲜生气的朝阳,可是,很多时候我们是"回不去了"(套用张爱玲的名言),在爱情上,我们也不得不对时间和空间低头。

不管接受者的体验如何,这本书还是"浮出水面"了,就像作者纳博科夫在写作这本书的态度一样,他劝读者不要在他的书里寻找象征和寓言,它本身只是一种诗意的精神,是他认为的一种"严肃情感的最高境界"。就顺从他的意思,姑且不去论辩何谓严肃的情感,何谓不伦之恋,我只是考虑它如何从一个历史的时间走回来,走进一个共时性的节日;考虑它如何从一个逼仄含混的空间走回来，走进一个共同的视阈。类似这样的命运的，我们随手就可以列出好些本著作，如福楼拜的《包法利夫人》在当时被斥为“破坏公共道德”的“现实主义流派的拙劣作品”，经过半个世纪才被推崇为“小说创作史上的里程碑”；卡夫卡生前直到死后几十年都鲜为人知，第二次世界大战以后才一跃成为“现代文学之父”；乔伊斯的《尤利西斯》一直被禁而今天成为经典巨著。当然还有中国的，不胜枚举，从《红楼梦》里就被视为禁书的《西厢记》，到“文革”期间被视为“毒草”的大量好书，等等。我当然无意于把《洛丽塔》跟这些书等同起来，我也无法丈量这本还处于争议时期的书能走多远。也许有人会因为它的极度个人化而把它鄙夷为“一桩图书世界的新闻”，可是，书里面所看到的，除了一个中年男人被道德困惑煎熬的痛苦，和他对女孩那种特殊的迷恋的繁复描写之外，我们毕竟还是看到了作者无意却又无可回避的对当时社会问题的一些尖锐的反映，比如关于意识形态，关于流行文化，关于青年教育，关于政治人群的焦躁，诸如这些陪衬在纳博科夫笔下的东西，一旦被我们放大了看，就足以让这本书妥协于时间和空间，固执地袒露在读者的面前。跟上面所提到的那些书一样，因为隐蔽过而变得更为开放。

你看，我最终还是违逆了纳博科夫的劝说，还是试图在他的作品里寻找一些理由。当然，纳博科夫管不了我，一旦文字流传开来，就失去了主人，同样地，我们力图让流传到我们视阈里的阅读，是无边的。

文学的气场

这些年来,文学就像是一个下岗工人一样,一旦被人提及,人们总是忧心忡忡,甚至充满了悲悯,文学没有市场了怎么活?文学没人读了真的会死掉吗?诸如这些问题,几乎成为了一个众所周知的社会问题。可是,尽管如此,那么些年过去了,在文学被公认的处境下,还是有人不断地加入到文学创作的队伍当中来,70、80、90后……文学江山代有人才。这是我真正感兴趣的问题,也是我在坚持多年文学创作中,深深体会到的文学的魅力所在,她是无法向世人解释,甚至无法被世俗理解的一种复杂的魅力,因这种魅力形成了一个“场”,我且称之为“文学场”。这个文学场跟我们所计较的文学市场没有什么关系,文学场也不是时下流行的扎堆写作,更不是一个相互哄抬、彼此酬唱应答的场所,文学场从某种程度来讲,是一种气场,一种因其引领和提升的精神力量而形成的气场,它散发着独特的、金贵的气息。

很多时候，我在想，我们所担忧的对于文学在这个消费时代所面临的各种问题，是不是由于我们自己对文学过于苛求了呢？在乎文学的市场效应和经济效益，这是对文学的一种苛求，也正是这种苛求使得文学在今天显得很尴尬，它面临着销量与质量的对抗，面临着热和冷的对抗，同样，我们将文学等同于一般的商品，让她流落在市场的各个角落，这其实是对文学的轻慢。

最近的一次遭遇使我印象深刻。有一天，我从单位出来，手里拿着一叠刚到的文学杂志，途中下起了雨，便索性一头扎进一家发廊剪头发。一个二十岁出头的年轻男孩接待了我，在剪头发的过程中，为了摆脱他各种热情的推销，我随手拿出一本杂志看，他也俯下头来看：人、民、文、学……他念得有点慢，不是因为这些字复杂不好认，而是巨大的陌生感。这种陌生感，我从他念完“文学”这两个字之后发出的一声怪音感受到了。出乎我意料的，他笑了出来，笑得有点——羞涩。他边笑边说，啊，文学啊，好久都没看过了……跟大多数他那个年纪的人无异，我知道他在看网络小说，看手机新闻，看娱乐八卦，至于文学，他们所看的，也许只是读书时代语文课本上的那些篇什。后来，男孩的话逐渐少了，在我剪完头发，送我出门的时候，他把那叠杂志放进我手里，忽然说了一句：“老师，您慢走……”我愣了一下。他仅凭几本文学杂志，就把先前称呼我的“小姐”改成了“老师”，他甚至不知道我是个写作者。

我并不是说，被人称为“老师”是多么虚荣的一件事，而在当下消费主义盛行的时代，文学带给人的就只剩下了虚荣。我是想说，文学的出现，是有其特殊的气场的，文学的存在，无论遭受多少误解、歧义甚至耸人听闻的担忧，她的意义从来没有改变过。即使一个对文学知之甚少的人，即使一个再怎么被物质异化了的人，即使一个被各种名牌包裹得看不清楚自己的人，面对“文学”这块名牌，他都会从内心里产生一种敬意，哪怕这种敬意是陌生的、神秘的甚至是无解的。

对于一个写作者来说，文学的气场同样充满了魔力。写作给我带来最大的好处就是，能让我过另外一种生活，能让我实现现实生活中的各种不可能性，甚至能让我成为一个现实生活的客人。这是一种特殊的体会，只有身处其间才能感受到。

卡尔维诺说：“一部经典作品是这样的一部作品，哪怕与之格格不入的现在占统治地位，它也坚持成为一种背景噪音。”我想，文学就应该坚持这样的经典精神，在与之格格不入的信息时代、消费时代、娱乐时代中，坚持地、高贵地形成一种气场，她的“大牌”程度，足以让众声喧哗成为一种名副其实的孤独，足以让沽名钓誉者感到身心疲惫，甚至相形见绌。

在这个时代，我为自己还能进入并感受到文学的气场而感到幸运和幸福。

反响的焦虑

几乎很多作家都会表示，自己的作品一旦完成，公布于众之后，这个作品就跟自己没什么关系了，好坏任由他人评说。事实上，要做到这一点很困难，需要境界。在这个众声喧哗的时代，作家除了享受书写过程的痛并快乐之外，另外一部分享受是来自作品的反响和动静，这是写作的虚荣，也是写作的一种动力。我也不能免俗。而所谓的反响，既包括读者的读后感，同行的点赞，更主要的一部分来自批评家的意见。

写作若干年，我对于这些反响的认识逐渐有了变化。记得第一篇小说在《花城》杂志发表，用的是笔名。基于一种羞涩的心理，我害怕被人看出来是我写的。现在想来，这不是一种不自信，而是害怕自己不成熟的小说技法没能好好地隐藏里边“我”的那些部分。在某个场合，听到有人提及这个小说的时候，会有心如鹿撞的感觉，有被识破的慌张。后来，改回真名开始陆续发表小说，很奇怪的，那些害怕和慌张竟然消失了，随之而来的是一种忐忑：这个小说编辑会喜欢吗？这个小说是不是写得不够好？这个小说批评家们会怎么看？是的，这些问题曾经盘旋在我把小说发送出去之后很长一段时间，或轻或重地，逐渐有了一种我称之为"反响的焦虑"。

我毫不羞于掩饰自己的虚荣心，相信每一个写作者都会经历过这些阶段，甚至，对于有的作家来说，这些"反响的焦虑"从来就没有消失过。打个不恰当的比喻，我家的小猫特别爱舔毛，我咨询兽医，问猫咪痴迷于舔毛是不是一种病？医生回我几个答案，其中一条就是，猫咪在受到主人批评之后，为了缓解情绪的焦虑就会舔毛，将各个部位的毛发舔得清清爽爽，将那些打结的部分用牙齿和唾液梳理得顺顺溜溜。有的作家为了缓解自己"反响的焦虑"，也采取这种"舔毛"的方式，顺着批评家所好，甚至有为批评家而写作的倾向，他们下笔时就懂得在批评家必然会画波浪线的地方故意盘桓，他们也许不在意小说的留白功能，但绝对在乎为批评家预留下充分的阐释空间。这些有经验的作家，往往就能准确获得绵延不断的波浪线，借此划着成功的小船乘风破浪，获得文坛一致叫好。说实话的，我对这类作家是有点"服气"的，因为他们在写作表达自我的同时竟然舍得丢掉自我。

从某个角度来看，写作者在初期阶段，的确得益于批评家的关注，如同获得发表一样，获得批评家哪怕寥寥数语的点评，也会成为他写作的某种刺激。然而，跟批评家在评价作品需要判断力一样，作家对于批评文章同样也需要有判断力。我早期写过一个小说《暖死亡》，发在《十月》杂志上，当时，北大中文系邵燕君老师还在主持一个“北大评刊”的项目，定期组织研究生对刊物作品进行讨论。《暖死亡》在讨论中产生了一些批评的声音，针对这个小说呈现的魔幻现实主义风格的“四不像”，他们做了有理有据的讨论。我看了之后，心里是接受的。当时写这个小说的时候就没想太多什么主义，但显然是对一些先锋作品的模仿，模仿得的确很“四不像”。判断力加上真诚的态度，是作家与批评家能握手的基础，无此，不是陷入恶意的“棒杀”，就是沦为无耻的“捧杀”，这样的例子，这些年在文学界并不少见。

但是，拥有准确的判断力谈何容易？思想深度、理解力、胸怀、勇气等等，都是构成判断力缺一不可的品质，正如法国作家约翰·拉布吕耶尔说的：“在这世上至为稀有的东西，除了辨别力，接下来就是钻石和珍珠了。”也正因为如此，这个世界上才会出现那些“高于他的世纪的人”，即他的作品生前并没有得到重视，甚至一点反响也没有，直到他死去的一百年两百年甚至更久之后，他的作品才得以认可并被奉为经典。莎士比亚、梵高、培根……不胜枚举。从某个角度来说，时间才是最公正的批评家。

我曾经亲耳听到一个成熟作家对一篇评论他的文章鄙夷地说：“这篇评论写得太差了，夸都没夸对，他根本没读懂我的作品。”看起来，判断力不仅针对批判观点，表扬更需要判断力。我们时常听到作家在期待“到位的评论”。其中，既包括对作品真正到位的批评，也包括对作品真正到位的赞美。作家虽然不是批评家，但是，作家自持的文学观会随着作家越自信而变得越坚固，所以，自信的作家不会被那些绕来绕去的理论所蒙蔽，更不会被左右。批评家呢，更是有着他坚固可靠的一套，不管作家是否认可，他们常常认为作家是最“难弄”的，尤其是成熟作家，无论怎么表扬或批评，都不会让作家满意。所以，作家和批评家所持的傲慢与偏见，反而阻碍他们文学的通约。

在今天，作家看了某篇批评文章，第一个反应往往会是：某某批评家在“骂”我。人们平常使用“骂”这个词，多半带有斥责、贬低的倾向，被骂者多半带有不服气、抗拒的姿态，与它相连的形容词多为暴跳如雷、怒气冲冲、面红耳赤……是非理性的，“骂”不可能有理有据、彬彬有礼、严谨有序，只有辩论、商榷才能做到这些。作家认为批评家的批评是“骂”，本身也是一种非理性，除非他们的确认为批评家的批评完全没有道理，是一种非理性的批评。相反，批评家会责怪作家太脆弱，听不得批评意见，认为自己的作品每一个标点符号都是好的。

造成作家对批评家丧失信任的，除了有的批评家不细读文本信口开河甚至胡乱“酷评”之外，还有大量的人情评论、红包批评、营销式的评论。因为批评家掌握话语权，如果不谨慎地使用这个权杖，其公信力就会渐渐下降。叔本华在《论判断、批评和名声》一文中说道：“某些批判家以为哪些作家或作品是好，哪些是坏是由他一个人说了算，因为他们把自己的玩具喇叭当成了可以远扬名声的铜管长号。”当作家认识到批评家不端正地使用手中的权杖之后，逐渐丧失了对他们的信任，他们对批评也开始了一种游戏精神，对于表扬的字词来者不拒地笑纳，将批评的意见一概认为是无理的谩骂。而造成批评家对作家丧失批评热情，在于批评家认为作家根本听不进批评的意见，稍作批评立即变脸，甚至牵扯进一些人际关系的问题，他们认为小说家最拿手的本领就是在小说中处理关系，在现实中也是如此。

说到底，作家和批评家的关系从来就不能达到皆大欢喜。基于文学的多义性、复杂性，审美体验的个体化、多元化，作家与批评家即使就同一段落的阐释都难以高度一致，正是这些歧义、纷争，构成了文学深邃的魅力。问题在于，现在我们少见这样的纷争，作家与批评家表面上维持着虚假的一团和气，他们礼貌地相互应酬，在研讨会上隔桌点头示好，就像两个生意人。此外，那些对二者之间偏激地秉持着“距离论”甚至“敌对论”的观点，我也不太认同。因为文学，作家和评论家成了同道中人，不存在谁指导谁，更不存在谁依附谁，他们都是“写作中的人”。在我写作有一段时间之后，遇到了自己的一些瓶颈，我尝试去咨询一个我信任的批评家，没想到，他并没有用惯有的一套套理论来试图解答我的问题，而是很坦白地说：“这些问题的确是你小说里存在的，但是，说实在的，如果我会处理，我自己都可以去写小说了。”接下来，他耐心地指出了我小说中的一些技术问题，并且列举了一些经典的文学作品为例证，就像一个内行的读者在讲述着他的读后感。我认识到，小说的问题还是要在小说里解决，要在伟大的经典作品里寻找解决的路径，而批评家所持的理论只是为了小说家更好地发现和归纳问题。这是一次平等而愉悦的交流，这样的交流本来就应该属于作家和批评家,抛开傲慢与偏见,抛开各种动机与杂念,真诚地对准文学,就像厨师与厨师在后厨品尝刚烧出的一盘菜。

阎连科在一篇谈作家与批评家的文章里说道:“因为理性和容让,就说他们会成为模范夫妻,却是决然的没有可能。毕竟,在这个家庭里,矛盾是他们相互认识的镜子,裂痕是把他们捆在一起的绳子。因为矛盾和裂痕的存在,他们才更愿意去探究对方;因为探究,也才能发现对方伟大的不凡和可笑的不齿。”我很赞同这个说法。这两种人,就应该相爱又相杀,始终保持着对对方的兴趣和探究,也是保持对文学的热情的一种。就让他们一辈子相爱相杀下去吧。

小说家不是旁观者

在过去很长一段时间里，我的写作喜欢选取些奇怪的人和奇怪的事，剑走偏锋。这或许跟我在媒体工作有关——每天都能接收到很多稀奇古怪的新闻消息。我的同事们知道我喜欢写小说，经常问我："要不要给你提供些创作素材？"说实话的，在这个信息发达的时代，哪里会缺乏创作素材？现实发生的事情，远远超过了作家的想象力。一点不夸张地说，跑突发新闻的记者，接到爆料电话，第一句问的就是："死人了吗？死了多少人？"做社会新闻版的编辑，每天选择记者的当天稿件，往往是：这件新闻死了5人，头条；这件死3人，二条；这件闻所未闻，三条；这件既没死人也不新鲜，枪毙……做新闻的人深谙吸引眼球的法则。说得好听是冷静，不好听就是麻木。如同他们应对种种现实的态度一样，写了十多年了，我开始意识到，我不仅想象力跟不上现实生活，我甚至连情感力也在逐渐消失。

我很喜欢那部英剧《黑镜》,里边有一集讲关于一台“真人秀”节目,由观众参与,共同完成一个个设计好的环节,令人惊悚、落泪。由于现实的乏味,而虚构的故事已不能满足观众的感观刺激,因此,“真人秀”由于其设计、布局过的“真实”,重新唤起了观众的兴趣,但是,这种兴趣仅仅停留在感官,而在一阵掌声之后,观众的内心如离开的席位一般空荡。这让我联想到我们的写作。一些作品表面上反映出现实生活的真实现象,反映出了社会某群体的真实生活,但却缺乏对人内心世界的探寻,这些故事,多半都是对外部命运的体现,而人物只是外部命运的一个道具,就如“真人秀”里被设计的那些人。的确,很多作品读后让人觉得“惊奇”和“感慨”,但是,却并不动人,甚至再往深想一层,会有上当受骗的感觉。

在我一贯的观念里,小说家就应该是个无比冷静的人,是个现实世界的旁观者,在写作的时候,更应该像个做手术的医生,一点一点地割裂,一点一点地剖白,又一点一点地缝合……只有这样,才能更完美地呈现故事的全过程,深掘进人性的隐秘地带。这是一项无比残酷的事业。这样的冷静和残酷,这样刻意地去节制甚至隐藏自己的情感,随着写作训练的时间越来越长,其后果就是:在现实生活中,我越发难以动情。我想,不是情感消失不见了,不是我变成了一个没心没肺的人,而是,这些情感都被我习惯性地约束起来了,打包整理起来了。

记得有一次,我跟一位男作家聊天,他说他时常写着写着,就会心痛、心酸,严重的时候还会边写边掉眼泪。我当时看着这个魁梧的大男人，觉得有点不可思议，怎么会把自己先写哭了呢？现在，我逐渐接受，如果自己的作品都不能打动自己，谈何去打动读者呢？是的，我们已经不乏稀奇古怪的事情以备我们写作之需，可是，仅仅以此吸引读者眼球，让人张大嘴巴久久合不上，写作跟还原新闻有什么不同？更进一步说，假使写一个杀人犯，作家成功地用想象和笔法还原了案件的现场，也成功地推进了犯人的作案心理，挖掘了人性的某些弱点，但是，也就是成功地为读者提供了一个完美的个案标本。其意义仅限于此。我很欣赏评论家常说的一句话："新闻结束的地方，才是作家开始的地方。"作家沿着这些已经发生的新闻，缓缓地、艰难地挺进，从新闻人物的内心逐渐进入到读者的内心，一笔，轻轻地将人的情感"放倒"，将人们的冷漠、隔膜、躁郁、疑虑等情绪统统"放倒"。这样的作品才动人。

2013 年，我从广州调到了杭州，从媒体调到了作协。我的旧同事们都开玩笑地说，你现在真的变成一名作家了。我知道，他们的玩笑半带取笑。甚至有个人，竟然说："你现在退下来了，要好好享受生活。"这话让我哭笑不得。我理解，他所指的"退"下来，不仅是指职场，而更多的是指生活场。不知道从什么时候开始，作家在人们眼里成了"坐家"，成了一个社会闲暇人士，他们认为作家参与社会的方式，仅仅是坐在家里，靠自己的想象描写生活，宣泄情感，是隔岸观火的起哄者。生活如火如荼，时代突飞猛进，这些，似乎都与作家无关，作家在其中究竟贡献了什么？说实在的，我也一度很怀疑自己。可是，当我读到那些真正打动自己的作品之后，内心湿润，仿佛与他人进行了一场深度的对话，找到了一位失散多年的老友，那种温暖，无以言表。是的，这些温暖就是作家默默给予的，是作家用一双参与社会的无形的手给予的。

毫无疑问，按照作者的心意和想象虚构出来的东西，散发着迷人的魅力，语言、结构、虚构的真实度……这些迷人的作品常常给我带来“惊艳”之感，可是，随着年岁的增加，阅读体会的累积，我渐渐发现，也许有的作品结构简单，并没有太多的叙述技巧，甚至笔法拙朴，有的地方还会露出虚构的马脚，但读着会让人鼻子一酸，甚至热泪盈眶。如今，我更为珍惜这些动人的作品。在杭州这个闲适的城市，成为作家，并不意味着我退出了生活，退到了书房，日日伏案乃至隔岸观火，相反，我想更仔细、更耐心地进入生活，进入到生活的最里边去，作为一个虚拟的、坚定的在场者，毫不掩饰自己的情感，写出动人的作品。

写作的确发生了很大的改变，写作者成为或者凝视那些闲逛者、观察者、溃败者、流浪者，无论是哪一种，都是对“人”的记录和研究，以自己的感受和理解，呈现这个时代中的某一类“人”，优秀的小说往往能将这类“人”变成“我”，更优秀的小说往往会替这个“我”不断地叩问“我是谁”。我想，这是无论身处何种“代际”中的人都无法逃脱的追问，也是文学能得以代代延续下去的“命脉”所在。

经典能带人穿越

尽管无数人对“经典”的定义做过无数合理和不合理的阐释，但是，正如经典作品是没有时代和语言的边界一样，经典也是不能定义，甚至不能罗列的。

读大学时，我的老师列出了一堆要求我们必读的经典书目，除了四大名著之外，还有如雷贯耳的莎士比亚、巴尔扎克、托尔斯泰、但丁、泰戈尔等的作品，抱着对经典的崇敬，一本本找来读。老师说这书好在哪里，便觉得哪里真的是好。可是，随着阅历的增长，这些被奉为经典的书居然逐渐从我的记忆里淡去了。这怎么可以呢？作为一名写作者，怎么可以漠视经典呢？但是，确然如此，他们已经成为一个个刻着庄重名字的墓碑，尘封在我记忆深处。而我心中的那份经典书目，却像一条船，在书籍的汪洋大海里，不时地改变着航向。一段时间里，我喜欢过奈保尔，喜欢过萧红，喜欢过海明威，喜欢过格雷厄姆，喜欢过川端康成。更长的一段时间里，我喜欢过陀思妥耶夫斯基、三岛由纪夫、卡尔维诺、舒尔茨……然而，就是在此刻，我所希望罗列出来的是：显克微支的《灯塔守望人》、卡坡蒂的《圣诞忆旧集》、琼斯的《已知的世界》、莱辛的《野草在歌唱》……当然，我不知道，在下一次，在某个未知的时刻，我将会罗列出哪些不一样的书目来。

在阅读方面，我是否过于喜新厌旧？

我有一个同龄发小，前段时间忽然说起一件我都不知道的事情。她说读中学的时候，我曾经借给她一本书，她读得爱不释手，一段一段地把书的内容抄了下来。什么书啊？她说，是张爱玲的《十八春》，真是经典啊。计算了一下，我们的中学时代，也就是20世纪80年代。那个时候张爱玲还没在我们生活的那个小城里热起来，可是，只因为一次偶然的邂逅，《十八春》成为我发小口袋里经典书单里的一本。问她为什么喜欢，她也说不清，只说，大约自己前世就是小说里那个时代的那个曼桢。从小说里找见自己的前世。这么说似乎有点虚玄，但是，我相信她在阅读的时候，把自己想象成了那个女人，一次次地回到那个时代。

仔细想想，那些我喜欢或者曾经喜欢过的书，无一不具备着这样的特质——能带人穿越。当我坐在现世的书桌前，读着我喜欢的前人的作品时，我时常会觉得自己穿越了，从此刻此地穿越到书中的彼时彼地，遇见了作者，或遇见了书中的人物。呼吸着作者的呼吸，悲伤着作者的悲伤，温暖着作者的温暖。这样的穿越之旅，时而逆风飞扬，时而泥泞爬行，时而有踽踽独行的忧伤，时而有鞭策灵魂的疼痛……是精神通向自由的途径。我得以踩踏在这路途上，往来返去，任凭时光雨打风吹去，直至回到现实，大有“怀旧空吟闻笛赋，到乡翻似烂柯人”的恍然。可以说，经典作品里的时间是没有时间的时间，人物是没有代际的人物。正因为这样，卡尔维诺才会说：“经典作品是这样一些书，它们带着以前的解释的特殊气氛走向我们，背后拖着它们经过文化或多种文化（或只是多种语言和风俗习惯）时留下的足迹。”

经典作品在走向我们的同时，也将我们带离了此间。这就是我为什么会对一些经典反复阅读的缘故吧。

在日常生活中倾听历史的回声

这几年，跟我的生活一样，我在写作中开始强烈地感受到了年龄感。这种年龄感不完全是指中年的危机感，表现在写作上，是对这个世界不断增加的参与、表达的愿望。意识到这一点的时候，其实我个人反而变得越来越沉默，不再像过去那样，盼望能有机会与他人倾诉，并且期待得到一些理解和建议。从自己的角度谨慎地发出自己的声音，这是我想通过写作传达出来的东西。我想，这也是一个中年人的样子。

我老家住的那条巷口，有一小段地方，从我有记忆开始就被人们叫作"牌坊"，实际上，在那段地方根本没有竖着一个牌坊，就连旧建筑的痕迹也不存在，但是，人们约定俗成地还是叫"牌坊"。去年那里新开的一家烤翅店就叫"牌坊烤翅店"，我的小侄女跑过来问我，为什么叫牌坊烤翅店？我就按照自己印象中，其实也是听父母辈讲的关于清代那里立过牌坊的历史大致告诉了她。我在讲述的时候,忽然觉得我一直所认同的这些说法显然有点不靠谱,就去向父母求证,父母说我没记错,他们知道的也是这样的,后来,我去档案馆查了我们的地方志,才知道,我们传说下来的那段关于牌坊的说法跟真实记载是有着很大出入的。

这件小事情让我想到了我的写作。我们70后这一代作家,总是被人说写得太小,写得太日常,写得太没有责任感,尤其是因为我们出生的年代限定了我们是一批历史意识淡薄的人,我们只会写当下,写自己,写人性。仔细想想,难道写当下就等于回避了历史?写日常就等于抛弃了意义?事实上,那些看似重复、经验、模式化的日常生活,以及在作家笔下那些浓密的日常生活场景中,都显现着其不可剥离的文化属性,而文化就是历史的另一种存在,这些历史与当下的生活一直发生联系,并通过作家的主体感受和表达被赋予了新的价值和意义。

老家巷口的那个"牌坊烤翅店",即使到现在,我们那里的人也并没有因为从没看到过"牌坊"而修改了这个叫法。对于历史,留给后人的不仅仅是那些重大的事件和意义,还有那些看不见的留存,割不断的传承,以及如影相随的命运,只是我们总是会忘记问:"这个地方为什么叫牌坊?"

我记得评论家郭艳老师讲到在"70后一代人的写作中,切入历史的方式更具备现代个体的主体性和反思性"。的确,我们纷纷寻找自己的路径进入历史。对于我来说,用自己的讲述,写出那个不曾看到过的"牌坊",而不再依靠父辈的转述,更为重要的是,用自己的感受，继续写出生活在这个无形“牌坊”下，人们的悲欢离合。这是我所认定的日常生活里的“历史”。

这些年，时常会问自己：“我为什么会成为这样的我？”在写作中，勇敢地对准自己，不断地问：“我们为什么会成为这样的我们？”不断回首来路，试图建构自己的文化前史和精神前史。这些应答之声，是我们从日常生活中聆听到的历史的回声。我想一点点地写出这些回声。